冬夏青青

人生は自分次第

舞夢私夢
MAIMU MAIMU

幻冬舎 MC

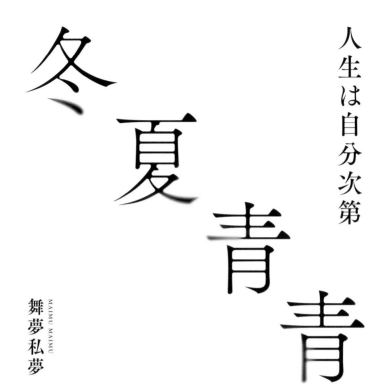

冬夏青青

プロローグ

三十代になった頃、私は半ば人生を諦《あきら》めていた。中古の車を買い替える時に、格安のシルバーグレーのスポーツタイプの車に乗らないかと言われた時も、私には派手だと思い、地味な色のセダンの方を選んだ。

歯科医院に通っていて、前歯の横に詰め物をかぶせることになり、銀色の安いもので良いと言ったら、先生が白い歯を強く勧めた。人前に出たときに見ばえが良くないからだそうだ。人前に出ることなどもう無いと思っていた。私の人生はなんとつまらないものだろうと毎日残酷な日々だった。

まさか自分にこんな日が訪れるとは想像すらしなかった。その頃の二倍の年齢に達した今、娘と同い年のディーラーに勧められて買った赤いスポーツタイプの新車を乗り回し、前歯を白いものに差し替え、大きく口を開けて笑っている。

「なんて人生は素晴らしい」

毎日が幸せと実感している。

活字離れ、本離れ

六十歳を過ぎて「もう本なんて読まない。目が疲れるし関心事もない」と思って夕ブレットを買った。その理由は「うちの子とおんなじだ」と娘が言った。暇つぶしにゲームをやるためだ。携帯でのゲームは小さくて目が疲れる。パソコンは職場にしかないので家でやるためでもあった。

また、二時間以上空き時間があると近くのデパートの中にある映画館の上映時間を携帯で確認し、急いで観に行くことが度々であった。

この頃はコロナ禍の影響で外出も自粛し、ゲームの時間は増えていった。

目次

出会い

人生はストーリー

左肩の痛みがひどくなったときのこと。整骨院に行って鍼やマッサージを半年近くやったが、一向に良くならなかった。夜も痛くて何度か目が覚めるようになった……。

これではいけないと近所にできた整形外科に行ってみようと思った。五十肩と診断され、湿布薬と飲み薬が処方された。一週間後再診を受けた。医師に勧められたのはリハビリと注射だった。

私のリハビリの担当は二十代半ばの理学療法《りょうほう》士《し》A先生だった。A先生は博学で四十分治療しながら私にいろいろな話をして笑わせてくれる。

ある時、好きな本の話になり、そのA先生は読み終えた文庫本を本棚にずら一っと並べて見るのが圧巻だという。とくに東野圭吾の推理小説はわくわくしながら読んだという。

「わくわくするのか……」とこの頃はわくわくなんてしなくなっていたので、羨《うらや》ましくなって、言われた本を買って読んでみた。

今までのゲームの時間が本を読む時間へと変わっていった。本当にわくわく感がたまらなく読み漁《あさ》った。

本屋通いが始まった

A先生に勧められた東野圭吾の推理本はどれも瞬《また》く間《ま》に読み終えた。

数年前まではたくさんの本を読んでいたが、今はそれも戸棚にしまい込んで読まなくなっていた。ある時、以前読んだ本をまた読んでみようかと思った。

戸棚から引っ張り出したのは、講演家B氏の『人生100年をいきいき生きる』だった。

B氏は平成元年、夫の会社を法人組織にしたときに、私のたっての希望でその記念講演に来ていただいた。まだその頃は個人企業で著名な人を呼んで講演会をすることは珍しかった。

その頃B氏は一世風靡していたので、講演料は百万円近かったと思う。

「経営者は休みなんてない」

「コツコツと死ぬまで努力し続けることが大切」

「辞書の中の『隠居』の文字を今すぐ塗りつぶしなさい」

と力説する内容に、私は同感していた。

よくぞこの人を呼んで講演会を開催したと夫の会社は一躍注目されるようになった。


たくさんふせんが貼ってあったその本をすぐに最後まで読み返し、最初読んだ時とは心境が変わっていたこともあり、人生百年をこの本に書かれていたように丁寧に生きようと思った。そろそろ七十歳、少なくてもあと二十年はいきいき生きることを考え、どうすればいきいき生きられるのかが課題となった。

おいたち　幼少期

両親の離婚

父と母が別れたのは、私が幼稚園の頃だった。

母の姉は今でいうシングルマザーで、昭和六十二年に閉山となった宮城県の北部にあって昭和初期に栄えていたH鉱山の流れで、Y町という小さな町で、結婚式も挙げられて、唄や踊りや三味線を披露する芸者が何人もいた料亭を一人で切り盛りしながら二人の娘を大学までやり嫁がせていた。


私の父と母が知り合ったのは、母がその料亭を手伝っていた頃だった。

若く美人の母はその料亭でちやほやされていたらしい。その一人が奥さんも子どももいた父であった。父はハイヤーと呼ばれていたその時代、お抱えの高級車のタクシー会社を経営していて羽振りが良かった。幼いころの写真には毛ばたきを持った大勢の従業員と高級車や外車がたくさん写っていた。その写真には外車の前で笑っている幼い私がいた。

母は略奪婚だったと思う。

父と結婚した母は、何人もの従業員の面倒を見ながら前妻の二番目の男の子を引き取り、私と一緒に育てた。

子育てと会社の手伝いで疲れた母は、私と兄を寝かせた後、父からちやほやされなくなっていたこともあり、こっそりと夜半まで伯母の料亭を手伝うことでストレスを解消していたのかもしれない。

今では思い出しもしなくなったが、目を覚まして暗い通りに出て「母ちゃん！」と毎晩のように心細さで泣き叫んでいたことを中学生のころまで覚えていた。そんな状況で父には新しい愛人ができた。幸せだった幼稚園のころ。思いもかけない事態だった。結果的に両親は離婚へと至った。

里親制度

両親が離婚した後、母は兄を父に渡して、小学校に上がったばかりの私は一人知らない地へ転校させられることになった。今でもさくら並木の小学校の校庭沿いを母親に連れられて心細くて心配だが口に出せずにとぼとぼと歩く私の姿を思い出す。

そこはT町という地域で、もと住んでいたY町から南方へ電車を乗り継ぎ一時間以上もかかる見ず知らずの土地だった。母は単身住み込みで小料理屋で働くことを決めた。その小料理屋から、バスで二十分くらいの地にいくらかのお金を払って預けられた里親だった。


右も左もわからない土地での生活が始まった。嫌《いや》とか嫌《きら》いとかいう選択は私には持ってはいけなかった。その頃には自分の立場を理解し、従順にしなければ母親に捨てられてしまうと思っていたような気がする。

母と会うのはどれくらいに一度だったか覚えてはいない。会いたいとすら思ってはいけないことも知っていた。母は父親似の私と違って綺麗な人だった。

授業参観の日に派手にめかし込んでくる着物姿の母は密《ひそ》かな自慢であった。

石になりたい
いくら取り繕《つくろ》っても耐《た》え難《がた》い時間はいつも新学期に訪れる。

保護者である両親の名前の書かれた名簿がクラス全員に配られる。私の父親の欄は空欄で母親とは名字が違っていた。

「どうしてなんだろう」というヒソヒソ話でざわつく時間がとても嫌だった。恐らく家に持ち帰ってからも、それがその家の話題になるだろう。

そんなことが落ち着くまで平静を装っていたが内心嫌で嫌でたまらなかった。なぜこのような辛い思いを毎年のように味わわなければならないのだろう。

私を見る目は耐え難く、内気で根暗になってしまうのだった。石になってしまいたい思いにかられていた。

そんな気持ちを忘れさせてくれる私の唯一の楽しみは勉強でしかなかった。

ある日、作文の得意な私は「私の家」という作文を書かされた。特殊な境遇の私の作文は教師の目に留まった。当時有線放送が各家庭にあったので、その作文を読んで収録のあと、有線放送で流されることになったが、朝寝坊の私はその放送を聞き逃してしまった。里親に内容を知られたくないこともあって「朝、起こしてください」とは言えなかった。その後も私の朝寝坊の癖は続いていた。

それでも長い休みになると、もともと住んでいたY町の幼馴染《おさななじみ》の家に母親に連れられていくのが恒例となり、その頃の楽しみだった。楽しみに出かけるその家は当時父親の経営するタクシー会社の隣にあった。

四歳上のお姉さんのような優しいCさんに会うために幼い頃は目覚めると毎日のように行っていた。その後Cさんの兄の嫁さんに女の子が生まれ、その子たちとも姉妹のように育った。そのCさんも姉妹のような彼女たちも今は揃ってS市に住んでいる。

小学一年生の夏、こともあろうかその家に宿題を忘れてしまった。けれども母には私を連れて行く時間もなかった。一人で取りに行くことになった。小さい私にとっては汽車と電車を乗り継ぐ一時間あまりの旅は冒険だった。

無事に持って帰ることができてからは、長い休みになると母親に連れて行かれなくとも一人で行くのが習慣になった。それまでも一人で行動することに慣れていたがこの冒険の旅は、大人びていた私の人間模様を垣間見る絶好の手段となった。

教師になりたい

勉強しか楽しみのない比較的優秀な子どもだった私は高学年になると授業中、よく先生と並んで丸つけの手伝いをさせられた。クラスメートのノートに書かれた数式に丸をつけるのはとても楽しかった。

ふつふつと教師になりたいという叶わぬ夢が湧《わ》いてきた。

母一人の家計では、いくら努力しても教師になるために大学など通えなかった。

その里親の家での生活は、農家だったので貧しいがゆえに毎日粗食だった。粗食がゆえに今でも健康体でいられると思う。

小学校を卒業し、やっと里親から解放されて生まれ故郷のY町に戻った。

中学時代の一人暮らし

幼心にも他人の家での生活はわがままを言えず、耐えることの多い毎日で早く解放されたかった。やっと母と一緒に暮らせると思ったのも束の間、母はT町に残った。その前から母には好きな人ができていて住み込みではなくなっていた。

私の初めての一人暮らしは中学の入学と同時に始まった。

「火事を出したらこの町にいられなくなる！」と母は口癖《くちぐせ》のように言っていたので火の始末には細心の注意を払った。

そして子ども心にも中学生の一人暮らしがわかってしまうといろいろ面倒なので、周りには気付かれないように過ごした。

食事も洗濯も掃除も一人でやった。ただお風呂だけは付いてなかったこともあり、そばに住む大家さんの家へ入れてもらいに行った。

母親は好きなことをするのなら、人に甘えたりするなという強い姿勢を身に付けさせた。好きなことをするのであれば「疲れた」とも言わないようにした。この頃も母からの養育費なしでは（母に捨てられては）生きられないことを思い知るのだった。

私の性格やその後の人生を変えた出会いが中学一年生の担任教師による指導だった。その教師は常に効率を考えること、計画を立ててその計画通りにやることをうるさく指導した。小学生のときは計画など立てたこともなく結果を気にすることなど皆無だった。

ところがこの教師は、常に個人面談を欠かさず、計画を立てさせ、その計画書も絵に描いた餅ではなく、自分が必ずやれることを綿密に書かなければならない。そして、その自分で作成した計画書を絶対に守らなければならないと叩き込まれた。

計画を立てる時も、実行した後も、必ず個人面談をしてうまくいかなかったところを反省させる。勉強の時間も家庭訪問の時に勉強部屋を確認して、部屋に電気がついていない（計画通り行っていない）ことを指摘するのだった。ほとんどの生徒は教師の徹底ぶりとこの個人面談の時間を嫌がった。


あるときにこの教師から「君はおとなしそうにしているが、リーダーの素質がある」と言われた。両親の離婚で里親の元で暮らしていることを知られまいといつも目立たないように心がけてきた。だからその教師の言葉にリーダーだなんて思ってもいなかったので腹が立って仕方がなかった。

もともと勉強が好きな私は一人暮らしのこともあって他にやることもなく、すべてこの教師の言葉を反芻《はんすう》し過ごすことになった。反発しつつも逆らうことをしない性格の私はその教師の指導の通り、綿密な計画を立て実行した。その教師の言う通りにすれば成績はみるみる上がっていき、その頃は成績の順番が廊下に張り出されていて、私の名前が必ず上位に並ぶことになった。

この教師は一年生の担任だったが、お陰でその後の中学も高校生活も計画通りに過ごし何も困ることはなかった。また、継続することにより、できないことを克服できることも教えていただいた。運動が苦手の私が中学ではテニス、バレーボール、高校生になってからはバスケットボールと運動部に入ることもこの教師の言葉があったからに違いない。今でも運動が苦手と言いつつ、ラジオ体操や太極拳、ウォーキングを続けている。

「どうしてそんなにきちんとできるの？　あなたのようにはできない」と大人になってからも（今でも）友人から口々に言われている。それほど計画通りにすることをこの中学一年生の時の担任の一年間の指導のお陰で完全に身についていた。

かけがえのない修行

私が高校生になった頃、料亭を経営していた伯母は、娘が二人とも結婚して遠方に行ったため、伯母は料亭をたたんで一人暮らしをすることになった。今だったら六十歳はまだまだ若く一人暮らしをしている人は多いが、その頃は六十歳を超えた伯母を心配した周りの人たちは誰がこの伯母と一緒に暮らすかを相談し始めた。

当然同じ町に一人暮らしをしていた私に白羽の矢が当たった。

その伯母は戦前一度結婚したが、戦争で夫に死なれ、当時では珍しいシングルマザーとして子どもを連れて地元に戻り、商才があったのか結婚式も挙げられるような料亭を一人で切り盛りし二人の娘を大学まで出した気丈な人だった。

その厳しさは定評があり誰も一緒に暮らしたがらなかった。

私も伯母が苦手だったたし、すでに一人暮らしに慣れていたので一人のほうが気が楽だったが、反抗しない子どもだったので、あれよあれよという間に私が一緒に暮らすことが決まった。

箸の上げ下ろしから寝るまで細かいことも指図され辛い日々ではあったが、後年私の人生の道標《みちしるべ》となったのは、中学の時の教師の指導とこの伯母の教えだった。

伯母には、すでにやめていた広い料亭の二階の座敷を八つくらいに区切ってリフォームした部屋に住むように言われた。他の部屋にはお茶やお花の先生も暮らしていた。

伯母は一人親というハンディを少しでも克服して、一人でも生きていけるように厳しく教育してくれた。

中学校では気ままな一人暮らしで、その前は他人の家で躾などされてこなかったこともあり、まずトイレのお掃除の仕方から厳しく何度もやり直しをさせられた。当時料亭で使っていた広いトイレの便器は五つくらいあり、そのトイレ掃除は私の日課となった。

水を大切にするようにと、お風呂はあまりお湯を使わないようにうるさく言われた。当時の伯母の家のお風呂は高めのすのこを敷いていたので伯母のいる居間からずいぶん遠いのだが、何回お湯を流したかがわかり、お湯の使い過ぎをいつも注意された。私はだんだんお湯の流す音が聞こえないように工夫するようになった。しかし、耳を澄まして聞いていた伯母にはどんな風にごまかしてもバレバレであった。

料亭をしていたこともあり、お料理も厳しく教えられ、後に調理師の資格を取る上で活かされた。

また、礼儀作法とともに夏はお花が安いので華道、冬は茶道と二階に先生がいたこともあり習わされた。伯母との暮らしは甘い私のそれまでの人生を一変させたが、男にすがらない伯母の人生訓はかけがえのない宝のように思えた。

借金取りの生活

ある日、伯母の留守に新聞の集金が来たので、何百円かを立て替えた。後で喜ばれるかなと思った。ところが伯母は思ってもみないことを口にした。

「お前なぁ！　私がすでに支払ったとか覚えがない！　と言ったらどうする？　たとえ何百円だとしても、頼まれていないお金は出すものではない！」

それを聞いた私は心の中で反発した。その反発は後にとんでもないことになるとは思ってもいないことだった。

その事件はまもなく起こった。

早めの夕食を摂って寛《くつろ》いでいる時に、呉服屋を営む同級生のお母さんがやって来た。

「ねえ！　すぐに返すから！」と猫なで声で伯母に言い寄っていた（後で思えば）。

「すぐに返すから二万円ばかり借りたい」と言う。

伯母はつれなく「うん！」とか「ああ！」とか言って埒《らち》があかなく一向に貸そうとはしなかった。小一時間経過しても、その同級生のお母さんは帰ろうとしなかった。

私は気の毒になって丁度母からお正月のウールの着物を買いなさいと二万円（現在の貨幣価値で十万円程）もらっていたのを頼まれもしないのに差し出した。

そのお母さんは「いついつに入るから、きっと返すね！」と喜んで帰っていった。

それから伯母の鉄槌《てっつい》が下された。

「お前なぁ！　私が二万円ばかりの端《はし》た金《がね》を持っていないとでも思ったか？　あの人は人から金を借りて返さなくて有名な人だ！　借金取りほど大変なことはない！　どれ程大変か、お前取ってみろ！」

私にとっては小さい頃に遊びに行っていた同級生の母親である。何を言われているかわからなかったが、十七歳の試練がそこから始まるのだった。

「いついつにお金が入るから」と言ったその日に、その呉服屋を訪ねた。私の姿に二万円を借りた同級生のお母さんは嫌な顔をした。「ああ！　忘れてた！」と言わんばかりだった。

伯母の言うことは正しかった。私はその姿に驚きはしたものの、母から預かった貴重なお金である。自分の不始末である。泣き言は言えなかった。絶対に返してもらわなければと思った。

後悔にさいなまれながらも諦める訳にはいかなかった。

その時はわずか五百円しか返してもらえなかった。

果たして私の借金取りの生活が始まった。相手を怒らせれば返してもらえなくなるのはなんとなくわかっていた。そして「今度はいつですか？」と確認することを忘れなかった。そしてその日に何があろうと必ず出向いた。

また、五百円、次の月には千円、また次の月には五百円、「今日はない！」と無駄足《むだあし》を踏んだこともあった。何度も悔しくて陰で泣いたが私は絶対諦めなかった。

一年ほどして伯母は「きっとあの人は、『あのお金は何に使うの』と聞いてくる。着物を買う分だと言ったら、(呉服屋だから）売れ残った二束三文の着物を、『これ高かったの』と出してくる。そんなものは受け取ってはいけない。ちゃんとお金で返してもらえ」と言う。

私は着物の良し悪《あ》しなどわからないので多分、着物さえ受け取ってしまえば、この言いようもない苦痛から逃れられるが、伯母の意見は絶対であった。

まもなくそのお母さんは伯母の言う通りのことを言ってきた。海千山千で地域一の料亭を切り盛りして、二人の娘を大学まで出した伯母のこと！　先見の明は確かにあった。それを断るとそのお母さんはますます冷たくなった。

夜の仕事をしながら育てられた私は世間の母に対する風当たりをもろに受け、一人親の子と蔑《さげす》まれて母の悪口を聞いて泣いたこともあったので、同級生の母親の悪口は言いたくもなく、その同級生の耳にも入れたくなかった。

その同級生のお金持ちの暮らし方は憧れだった。

でも陰では資金繰りで毎日大変なことは子どもたちには見せていないであろう。

二万円を返してもらうまでには優に二年の月日が流れていた。私はそのことは母にも当時付き合っていた彼にも誰にも言えずひとりで耐えた。母は伯母から聞いてはいたかもしれないが、何も言わなかった。

やっと全額返してもらったその二万円で目利きのある伯母に選んでもらったおしゃ

れなウールの着物は今でも宝物として大事に保管してある。若いうちにしなくても良い苦労を経験した私は利口な女性として成長した。ところがそれが何の役に立たない結婚生活になるとは思ってもみなかった。

伯母はこんなことも言った。

手芸の大好きな私は当時付き合っていた彼にプレゼントすべくマフラーやセーターを編んでいた。それを見て伯母は

「そんなものをせっせと編んでいたって一円にもならない！　それよりも金さえあればいくらでも好きなものを作ってくれる人に頼める。将来は金を稼《かせ》げる人にならなければ！」と言い放った。

その言葉は私の心に響いたが趣味の手芸はやめられず今でもせっせと洋服を作ったり、革細工に興じたりしてプレゼントをしている。

伯母には「一を聞いて十を知れ」とも言われて育てられた。物事を行う場合短時間でも、四方八方からのいろいろな考えが浮かび、取り立てて失敗することがなくなった。

その伯母にそれから五年後、結婚することになった夫を紹介した。ろくに挨拶もできない夫を見て「なんであの人なんだ」と言われた。その頃、何も気づいていない私はどうしておめでとうと言ってくれないのかと怪訝《けげん》に思った。しかし、結婚してからの極貧の生活を思えば、先見がある伯母は見抜いていたのかもしれない。

おいたち　青春時代

憧れの彼と

県立I高校へ入学し、一年生のとき、みんなから憧れの二つ上のDさんという先輩がいた。男女共学だったが、一年生は女子だけのクラスだった。高校三年生のDさんは学校中の女子から人気でDさんの教室の前では何人かの女性徒から常にキャーキャーと言われていた。私もひそかに憧れていた。

Dさんの体育の授業が校庭である時は毎回、席が窓際の私は先生には気づかれないように目で追っていた。

憧れは憧れのままで彼は卒業していった。

高校三年生になり、運動部を辞《や》めて誘われて文化部の生物部に入った。生物部は男女が仲が良いと評判であり、時折大学に行っている先輩が訪ねてくるという。あるときに生物部の先輩が何人かやって来て交流会が行われた。その時ちょっと長髪にしたDさんもS市からやって来ていて参加していた。Dさんが来るとは知らなかった私はドキドキが止まらなく、昔のように目で追っていた。そんな心を察したのかレクリエーションゲームの最中に何度か目があった。

彼のモテぶりは健在だった。ライバルはもちろんたくさんいた。私は、ただ見ているだけだった。

夏休みになり生物部の十日余りの合宿はF港から小さな船で渡る島だった。自炊生活をし、文化祭に向けて各々生物の研究にいそしんだ。そこで会った三つ年上の先輩で小学生のときの友だちのお兄さんのEさんと自炊で料理を作りながらよく話すようになった。

B市の大学に通うEさんが横顔の写真を撮ってくれた。それは自分でも驚くほどきれいに撮れていた。今でもまだその写真は私の心に焼き付いている。

あと何日かで合宿が終わりという時に来るかもしれないと思っていたS市の大学に通っていた憧れのDさんがギターとともにやって来た。

嬉しさで一杯だったが話しかけることもできず、翌日が最終日になってしまった。

その夜、晩御飯も終えてトランプゲーム大会が始まった。

Dさんもその中にいた。トランプをやっていくうちにDさんと妙に気が合って、みんなは三々五々その場所から自分たちの部屋へ眠りに行き、最後は二人だけになり、下の名前で呼び合った。このままずっと続けていたくて「朝が来なければいいのに……」と思った。

なんとなく恋の予感めいたものがあった。

翌日の帰りの船の中でも、「話しかけてこないかな」と祈るような気持ちで待った。

F町から駅までのぎゅうぎゅう詰めのバスの中で座れず、ひじ掛けに腰掛けさせてもらっていた。前の晩遅くまでトランプに興じたのでうとうととそのひじ掛けで眠ってしまった。バスの揺れとともに頭がゆらゆらと幾度となく揺れ、倒れそうになっていたのが急に何かに支えられた。見上げてみたらいつのまにそばに来たのか、Dさんの顔がそこにあり、私の頭は彼の胸に支えられていた。

ドキドキし赤くなったが、彼はくにゃっとした笑顔で微笑んでいた。私はもう眠ることなんてできなかった。彼の手はギターを支えていたが何も話せず、目だけで話して私の帽子を彼のギターにかけてギターを抑《おさ》えた。混んでいるバスの中での小さな秘密の出来事だった。

彼からは連絡先も聞かないまま別れる時間となり、一足先に駅に向かう彼の後ろ姿にため息が出た。

それからしばらくして生物部に彼から手紙が来た。

「合宿は楽しかった。誰でもいいから手紙が欲しい」と学生寮の住所が書かれてた手紙が連絡ボードに貼られていた。

「待ってた！」と恋の予感が当たったような気がしてペンを取った。

当初は何人かが手紙を書いたらしいが、中学のころからの文通歴がある私だけが続き、お互いの気持ちを確かめ合った。果たしてY町とS市の遠距離の恋が始まった。

みんなが憧れる彼との交際ができるとは思ってもいなかった。天にも昇るような素晴らしい人生の始まりが訪れたような気がした。何度か彼が地元に来た時やS市での行事の合間をみつけて会った。

希望する就職先はもちろん彼のいるS市だった。

当時は就職難で地元の就職は困難だったが、彼の元に行きたい私は努力した。

学校の紹介はアパレルの会社だった。

就職試験に付き添ってくれた彼は初任給が書かれていた求人票を見ていたので
「あと二年で自分が卒業したら、このくらいの給料になるから二人でやっていけるかな」

と話してくれた。

「えっ！　結婚！」

と、その時は彼と付き合える嬉しさはあったが、前途洋々、就職し、これからどんなことが待ち受けているのか楽しみであったので、結婚のことは考えられなかった。多分私には伯母からの箴言《しんげん》が身に付いて、サラリーマンとの結婚は、できればしたくないという気持ちがあったのかもしれない。母一人、子一人で育ったこともあり、伯母のように経営者として生きていけば、母が年老いた時に一緒に生活もできるかもしれないと、サラリーマンとの結婚は望んではいなかった。

ところがアパレルの会社は受けてはみたものの貧しいが故にファッションのことなど興味が無かった。あとから来た薬品問屋の求人票に理系の私は興味がそそられ、こっそり一人で薬品問屋も受けた。

勉強が得意な私は自分の力を試したく四次試験まである会社は魅力的だった。その会社も受かった。

その後は話の食い違いが多々あり、彼との関係に終止符がやって来た。

私のS市での生活は期待していたのと裏腹に彼と別れた生活はとてもつまらないものとなった。他に打ち込むものを模索した。

就職先で

ヘッドハンティング

私がその会社で希望したのは商品管理課といって薬品問屋の倉庫番だった。

「この薬はどんな病院や薬局に行くのだろう」

「これはどんな効き目があるのだろう」

それを想像するだけで楽しいと思った。

三月一日に高校の卒業式が行われ、最後に門をくぐる時に言いようもなく悲しく涙がこぼれた。

「これからは徹夜で勉強することもなくなるのか」

と勉強が友だちだったので寂しかった。

引っ越しをあわただしくして、六日後には入社説明会が行われた。入社式の四月一日までほぼ一か月の研修期間があった。勉強はもうすることはないと思っていたが、毎日の研修はそれはそれは楽しいものだった。

その商品管理課の研修に参加していた時、別の課への異動の打診があった。

何でもオフィスコンピュータ（当時は何千万円もした）を導入すべく、機械計算課を開設したいと考えているF課長が「就職試験が一番だった貴女に配属して欲しい」とのことだった。機械計算課は入社一、二年の若き精鋭の女性が七人配属になった。

入社後まもなく行われた東京への社員旅行では会社中から〈花の七人組〉として注目を浴びた。

そんなつもりでは

ある土曜日の午後、仕事を終え、帰路に就こうとした時に、車の中から五十代くらいの部長に「送っていこうか」と呼び止められた。素直に部長の好意に甘え、車に乗り込んだら部長に「ちょっとドライブに行こうか」と言われた。その日は予定など無かった私は（それも良いかなと）部長の魂胆《こんたん》も知らず受けた。

一時間あまり走らせて海に出た。周りは若いカップルでいっぱいだった。

心の中では「カップルで来たならさぞかし楽しいかもしれないのに……」と思った。

その時に部長は「今度欲しいものや行きたいところがあったら、机の上に書いたメモを置いたらいい」と言った。

ことの重大さを悟り、一刻も早く帰らねばとその後は何を言われても耳に入らなかった。

後で知ったのは七人の中で一番可愛らしいGさんは専務に、美人のHさんは常務に言い寄られ、欲しいものを買ってもらっていた。私はどちらかというとかわいい従順なタイプではなかったが、みんなに指示を出している主任のような立場でいたので目立つ存在だったのかもしれない。

母のような男にすがってばかりの人生に共感できない、できれば伯母のように一人でもやっていける人生を目指していた私は、愛人などはまっぴらとその後は徹底的に無視を決め込み、誘われることはなかった。


今でもキーボードの文字は指先が覚えている

コンピュータ導入に向けて、キーボードの練習が始まり、七人の練習問題を作るのは主任のような私の役目になっていた。おかげでキーボードではなく、練習の紙を見ながら打てるまでに指先が覚えるようになった。今でも見るより手の感覚がキーボードの配置を覚えている。

何か月かして、S市の繁華街にある有名なW製薬に導入されていたコンピュータを見学し、操作させてもらうこともあった。

一年以上の研修の末、当時はオフィスコンピュータは何千万円の時代、会社は導入を見送ることに決定した。F課長の落胆ぶりは可哀そうなくらいであった。私には「プログラマーにさせてあげたかった」と謝罪した。私は商品管理課を希望していたのでそんなに落ち込まなかった。

ただ、この時のコンピュータを使って仕事をしようとしていた経験は結婚してからの経理の実務でとても役に立った。

計算が合わない

その後に配属されたのは経理課だった。私は薬品問屋の四十名余りのセールスを担当させられた。一か月の売り上げをセールスの日ごとの売り上げ（縦）と得意先（横）を記録し累計がそのセールスの一か月の売り上げとなる。月末にはその四十人の売り上げの合計がピタリと合わなければ退社することができないのだ。

一か月目、どうしても一円合わない。経理課の課長や係長にも手伝ってもらったが、一向に合わなく時間ばかりが過ぎていた。今考えると合ったか合わなかったか定かでない。それは数学が得意の私には屈辱《くつじょく》でしかなかった。でも次の月からは、要領がわかり、早めに取り掛かり毎月一番早く退社することになる。

印字できる紙がついた大きな計算機を使っての計算も、今度はテンキーを見なくても表を見ながら数字を打てるようになっていた。

その会社は一か月休まなければ五百円の皆勤手当が付く。予定もなく、休むことのなかった私はいつも皆勤手当を手にすることができ、小さな喜びを満喫していた。

地元　Y町に戻っての生活

出会い

薬品問屋に入って三年経ち、私は二十一歳になっていた。

母親は地元Y町に戻り、当時から世話になっていた人の通信機器関係の小さな工場を任されていた。通信機器関係の仕事は納期が短く、忙しい時には寝ずに働かなければならない。

そんな時にこの工場では、家庭の事情で事務員が辞めなければならなくなった。募集してもなかなか見つからないこともあって、私は否応《いやおう》なくその工場を手伝うために薬品問屋を退職することになった。


地元に戻って工場を手伝っていた私はそれに応えて朝から晩まで忙しく働いた。納期が迫っているときは寝ずに働いた。何か月かした頃、通信機器関係の工場は暇になると従業員を休ませるわけにはいかないので、私一人がミシンの会社に出向させられた。そこで係長として勤めていた、別の同級生のお兄さんであるIさんとの新しい出会いがあった。

その会社の行事などで意気投合してその人のS市の親戚の家までドライブに行ったり、彼の家に遊びに行ったり楽しんでいた。

ところが私がそのミシンの工場に入る前からIさんに想いを寄せる人がいた。私より三歳ほど若い彼女は徹底抗戦を仕掛けた。私は争いごとは好まないということもあり、その彼女ほど彼との結婚を意識していなかったので太刀打ちすることもなく、母の工場が忙しくなったのでそのミシンの会社の出向も終えることとなった。

後日、夫と婚約中のとき、そのミシンの会社に用事があり車で行ったときに、免許取り立ての私の車は溝《みぞ》に脱輪《だつりん》してしまった。それを泥まみれになりながら助けてくれたIさんは私の薬指にはめられた指輪を見て、「結婚するのか」とポツンと言った。


工場に戻ってからは気が合った歳の近いJちゃんが唯一の話し相手だった。ぺちゃくちゃ話をしながら検査した。そのJちゃんは十七歳で結婚したので、二十一歳の私に「早く結婚しなよ」といろいろな人を紹介してくれた。

母一人子一人の私にとって嫁に行くのは憚《はばか》られた。ましてや、伯母に仕込まれたことをやってみたいと思う気持ちは抑えられず、忙しい時は寝ないでも働く工場の仕事も楽しいものだった。

財産もなく借家住まいの身では婿をとることも無理だと思った。

Jちゃんは私の気持ちをよそに婿になりそうな人を紹介してくれた。

なかなか理想的な人には巡り会わなかった。

そんなある日、「そうだ隣の県のK市に夫の友だちの会社に婿に来てくれそうな人がいる。一つか二つ年下でも良いよね」と夫の従業員を紹介してくれることになった。「あ！　そうだ。社長も独身だった。三十過ぎているけど次男だから会ってみて、ダメだったらその年下の従業員に会ってみよう」と勝手に決めて楽しそうだった。

通信機器の納品をするために運転免許が必要だった。筆記試験は大丈夫だったが、運動音痴の私は実地試験は難しかった。第一次試験はブレーキが効かないと思い込み、一度落ちたが、二時間も追加で乗らなくてはならずその分お金もかかる。

それからは充分気をつけて落ちることなく合格した。

免許証が発行になった日にJちゃんの家で紹介してくれた夫に初めて会うことになった。私は翌日からの納品もあるので初めての運転でも躊躇《ちゅうちょ》することなく、すぐさま向かった。

その人の第一印象は優しそうだった。

Jちゃんご夫妻と四人で出かけたが口数の少ない人だと思った。

お決まりのように、次の休みの日に会うことになった。

ボタンの掛け違い

その頃はまだ高速道路も開通していない時代、彼はK市から車で二時間近くかけてやってきた。

第一声は「今日、仕事なんだ」

私は「じゃあ！　別の日に！」と言ったが「いいがら、（車に）乗れ！」と言われて走り出した。

十歳近く違う彼とは、あまり話すこともなく、二時間くらい走ったと思う頃、K市の案内板が見えた。

「ここ、K市じゃないですか？」と言ったら、「仕事はM市だ」とのこと。

また小一時間揺られた。とある家の前で止まった。

「今日は姉の家のベランダ付けだ」と言ったので「車で待っています」と言ったら「入れ！　昼だべ、（ごはん）食っていげ」とのこと。

「はあー!?」と思ったが降りた。

その家に入ったら、今と違いM市でさえも娘となかなか会えないこともあり、彼のお母さんも来ていた。

　お昼なので他に従業員三、四人、従業員となっていた彼の弟、その家の彼の姉と一緒にごはんを食べることになった。彼のお母さんに手を取られて「おめが（貴女か）つぎあっているのは？」と聞かれ、今だったら「一週間前に会ったばかりで、付き合うかどうかはわからない」と言うと思うのだが、呆気に取られて返事もできなかった。「気に入られたかな？　だから連れてきたの？」と結婚してからしばらくしてから聞いたら「別に邪魔ではないから、いても良いと思った」とのこと。

　計画性も無く、何も考えずに行動する夫の弁だった。

　たった一人で、その家の居間でベランダ付けが終わるのを待って帰路に就いた。もう薄暗く寒くなっていた。夫の住んでいるK市に着いたので「カーディガンを貸して欲しい」と言ったら「そしたなの（そういうものは）ない！」とのこと。

　とりあえず寒いので何か借りようと彼の工場に寄った。

　夫の工場に何度か行っているらしく、Jちゃんは工場のそばの広い台所に当時はまだ珍しい電子レンジがあることを知っていて自慢げに話していた。私はとても素晴らしい工場と台所を想像していた。行ってみると、何もなくて広い台所みたいな土間の隅にあった小さなワンドアの冷蔵庫の上に確かに電子レンジがポツンと置かれていた。それとテーブルと食器棚があっただけだった。

決して嘘ではなかったが、草ぼうぼうの工場の周りもうす汚れていて、何もかもが私の想像とずいぶん食い違っていた。

「電子レンジは何に使うの？」という私の質問に「酒、沸《わ》かす」と聞いてますますがっかりした。


私の結婚観は、一生働き続けたいと思っていたので、自営業というのはかなり理想に近かった。ましてや気に入られたと思ってしまい、「じゃあ！　私の母にも会ってもらわなければ」と言って、家に送ってもらった。

結婚した後で「お前のほうが先に親に会って欲しいと言った」と言う。

確かに親に会わせるとも何も言わずそこに親や姉、弟、従業員がいただけであった。

夫を好きとか嫌いとか思う以前に、汚い工場と何も無い台所を見て「私がなんとかしなければ」と思ってしまったことは間違いないことだ。

その時はまだ気に入られたと思っていた私は夫のことをあまり深く考えないまま結婚が決まり、母の工場の私の後任はどうするかという重大な問題が発生した。

職業安定所に求人を出し、何人かは面接に来たが、私の後任として安心して任せられる人はいなかった。

その間、夫は土日もなく働いていたので、私は休みの度にバスと列車を乗り継ぎ掃除をするために約二時間の道のりをK市まで通った。いくらきれいにしても一週間経つと元の木阿弥《もくあみ》でしかなかった。

夫は毎週通う私を見て惚《ほ》れられたと思ったらしい。私は（中学の時の教師の言葉通り）一度決めたことを続けただけだった。彼の周りには私のような律儀な存在はいなかった。私の後任をJちゃんご夫妻は必死になって探してくれたが、夫はそれすらしなかった。

その間に子どもができてしまった。もちろん、仕事を任せられる人は見つからないままだった。母は女手一つで育った私が後で負い目がないように堕胎を薦めた。私はその言葉に従うほかはなかった。その時もそれを止めたのはJちゃん夫妻だった。夫は何も語らなかった。結婚して数年後、夫が言うには、自分は溶接の仕事をしているので精子がその火花でやられていると聞いたことがあるので子どもはできないと思っていたとのこと。他の人の子どもだと思ったのかもしれないし、もし本当に夫の言うように精子が失われていたとしたら子どものいない夫婦になっていたのかもしれない。夫の周りでは子どもができないのは私のせいだと烙印《らくいん》を押されることになっていたのかもしれない。

口数が少ないというのは恐ろしいことだと思った。

その医院の看護師さんたちは私の薬指の指輪を見つけて「どうして」と気の毒がった。

夫と出会ってからすでに一年が経過しようとしていた。その後も何人かは面接に来たり、仕事をしてもらったが、安心できる後任は見つからなかった。

母は「もう良いんだ。あんたみたいに働く人なんていない。彼はとっくに三十を過ぎているんだからこれ以上待たせるわけにもいかないんだろう」と言われ、妥協して人を雇い入れた。不満の毎日だったが結婚式は近づいていた。

結婚式の当日、朝早くから準備ができてバスに乗り込み、二時間近くかけてK市に向かった。式の時間より早めに着いた。

しかし、夫も夫の身内も誰一人として到着しておらず時間すれすれにバタバタと仕度が始まった。

結婚式は当時の農協会館だった。夫は独立して七年近く経っていたので参加者も多く、東京にいる時からロックバンドを組んで演奏《えんそう》していたので結婚式は華やかなものだった。

新婚旅行は九州まで連れて行ってもらった。お金が無い時代だったのでかなり無理をしたと思う。

二十三歳　思いもよらぬ結婚生活編

伊達と南部

宮城県は伊達藩、ここK市は南部藩という見えない壁が私を苦しめた。

結婚が決まり、初めて夫の実家に挨拶に行った時のこと、私に構わず夫は、ずかずかと家に入って炬燵《こたつ》に入った。どこの家に行っても同じらしい。私はどうして良いかわからず、玄関の冷たい床に正座して待った。誰かが来たので「よろしくお願いいたします」とそれまで伯母に教えてもらったお辞儀をしながら言ったら、夫がそこにいた人たちに向かって

「こいず（この人、私のこと）変なんだ。伊達藩だから……」

私には何が変なのかわからなかった。その時は不思議に思った。

その後も意見の食い違いで衝突《しょうとつ》すると「伊達だからな」と言われ続けた。伊達藩とは何なのかと、それからは伊達藩だということを隠さなければと思った。

何年か経って、娘たちの幼稚園で講演会があり、その講師は伊達と南部の殿様の話をした。

伊達の殿様（伊達政宗）は計画性があり、年貢も余裕を持って集めていたので、天候気候に左右されずに、作物が取れない時期も農民は困らない生活をしていた。ところが南部の殿様は計画性がなく、天候が悪化して作物が取れない時も、年貢の取り立

てが厳しく、百姓一揆が多発していたという。

「なんだ、伊達の殿様は計画性もあって偉いんだ、何も引け目を感じることはない」とそれからは「私、伊達藩です！」と隠さなくなった。

よく伊達と南部の境界線を決める際の話が出る。南部藩では「ずる賢い伊達の殿様の陰謀《いんぼう》で、自分たちの領土が狭くなった」と伊達藩のことを蔑《さげす》んだ。伊達の殿様は「午（うま）」で、定時に出発することを提案した。ところが南部の殿様は少し棒が出ている「牛」と勘違いをして牛で出発した。落ち合ったところが境界線になった。

私はその境界線から遠い地域で育ったが、夫は境界線のすぐそばに家があったので、子どものころから伊達の住民と争いが絶えなかったのだそうだ。

伊達政宗公の遺訓は、常日頃の戒《いまし》めとして、のちの朝の連続テレビ小説で唱和していた。

私を邪魔にする敵

結婚後、初めて夫の会社の従業員の高給取りのHさんに会った。食事の世話や洗い物など身の回りのことを全部夫にやってもらっていた。そのHさんは結婚式は休みの日だったので、いつものように妻のもとに帰ったらしく結婚式には来ていなかった。

それまで夫を自分の思うがままに扱っていても、他の従業員は夫が当てにして片腕のように思って大事にしていたのでそれが当たり前だった。

私は「社員が社長をアゴで使うなんて……」と思っていたので、直接言わなくともわかるのかそのHさんは私に敵対心《てきたいしん》剥《む》き出《だ》しだった。その横柄な行動と命令口調には辟易《へきえき》した。

伯母に礼儀作法や上下関係のことをうるさく言われて育てられたので、それがまかり通っているのは不思議でならなかった。

また、Hさんは、他の人より給料が高く、使えるお金も豊富で後輩たちに飲み物を買って来させ、ご馳走し、空き缶をところ構わず放っておくのだった。誰も気に留めないので、それを片付けるのは気になる私の役目だった。いつものように飲み物をたくさん買わせて、プレハブの自宅の入口に置いてある冷蔵庫に入れた。私はチャンスとばかりに「ねぇ！　Hさん。冷蔵庫に入れるのは構わないんだけど、飲んだ後の缶は、片付けてね」と言った。すぐさまHさんは夫に言いつけた。「あの女、俺に文句を言った！」と。

血相を変えた夫は私に「謝《あやま》れ！」と言ってきた。私には謝る理由がわからず、虚しくなり陰で泣くのだった。

社員旅行のときにも妻子を連れて行くというHさんに前もって「別に部屋を取りましょうか」と言うと、その「必要はない」とのことだった。

当日、私と一緒の部屋のHさんの幼いお子さんは、枕が変わったせいか、夜になっても大声で泣いていた。

私も二歳になったばかりの長男を連れて行った。その奥さんと同じ部屋で長男は早々《そうそう》に眠りに就いていた。その後も従業員の世話などやることがたくさんあったので、ずっとそのお子さんが部屋で泣き続けていたので、奥さんに「息子が起きるので、静かにさせて欲しい」と言ってしまった。奥さんからそのことを聞いたHさんは烈火のごとく怒って「別に部屋を取るのは当たり前だ。聞くのがおかしい」と言い放ち、またまた夫は当時専務と呼ばれていた夫の弟とともに私をなじった。みんなから「謝れ！」と責められ眠れなかった。私の気持ちを察したのか、帰りのバスで長男は泣き続けた。私も泣きたい気持ちを抑えるのが必死だった。それ以来、会社の旅行にはどうにか理由をつけて行かないことに決めた。

その後、Hさんはその時の奥さんと離婚調停に入った。その頃仕事中に足にケガを負ってしまい、車で一時間くらいのM市の病院に入院した。夫は働き手を失ってその分忙しくなったが、時間を見つけて見舞いに行ったが、そのHさんは「毎日来るのが当たり前だろう」と夫を責めた。

何か月もの入院生活を送ったときに、その病院の看護師さんと再婚することになり、婿に行くことになった。Lさんと名前が変わった。とても裕福な家らしく、その家の隣に工場を立ててもらって独立することになった。

得意先や従業員数名を引き連れて行ったので、我が社の仕事量は激減した。

勝手な思い

事務員がすぐ辞めてしまうとは聞いていたが、結婚する前は、机を開けるとか、帳簿を見ることは礼儀上してはいけないと思っていた。十月に結婚式を挙げたので、十二月の決算の時期も迫っていたため、いざ机を開けてみたら、どこに領収証があるのか、売上帳簿も在るのか無いのか、どこから手をつけて良いかわからないほど乱雑になっていた。

結婚前には母の工場で給料計算や伝票整理などやってはいたが、経理はかじっただけで、専門の知識もないので途方に暮れた。

後日、私が事務をやりたいのなら、時折、帳簿の整理を頼んでいる同業者の高齢の女性事務員に教えてもらえと連れて行かれた。

私は一日も早く教えてもらいたいと思ったが、夫は私に期待していないらしく、その高齢の事務員さんに会社の事務や経理は任せているので何日かかっても不服はないと思っていたらしい。何日も通ってみたものの、何を聞いてもお茶のみばかりでその事務員は私に教える気持ちはなかったようだ。

海千山千の伯母に三年間みっちり仕込まれた私はすぐに、その事務員は適当な人だ（ダメな人）と見抜いた。後で気づいたことはその事務員は、適当に申告して夫からも収入を得ていた。その事務仕事を奪うような私は邪魔な存在だったかもしれない。

折しもすぐに妊娠し、経理のことは何もわからないまま子どもが生まれ、もうこの事務員さんを当てにできないと悟った私はちょうど募集していた商工会議所の簿記講座に生まれてまもない子どもを夫に頼んで夕方から通った。

よく「(猫に食われないように)魚を見ててね」と頼むと、魚は無くなっていて、どうしたかと聞くと「猫が持っていくのを見てた」と答えたとの話があるが、まるでそのように責任感もなく見ていた。オムツを取り替えてくれたのは良いが、晩酌でほろ酔い加減の夫はそのまま汚れものをそばに放っていて、ちょうどハイハイの時期もあって子どもは真っ黒に汚れて眠っていた。

夫は自分に子どもを頼んでまでも事務をやる必要はなく、その事務員に任せるので余計なことだ、私のわがままだと考えていた。

そんな子守りが不服なら、経理の勉強など行かなければ良いとも思っていた。

その事務員は同業者の会社の金を使い込み、突然辞めることになった。

青天《せいてん》の霹靂《へきれき》

話は前後するが、昭和五十一年十月に結婚式を挙げて二か月くらい経った暮れのある日、二千万円の手形の決済日が来たと銀行から連絡があった。

それは私たちの仲人をしてくれたJちゃんの義理の弟にお金を貸せと言われても無いので、初めは数十万円程度の手形（仕事もしていないのに）を発行して、決済日の前日にお金を返済してもらい決済していた。だが、次にはもっと上の額面、そしてついには二千万円の手形を貸すことになり、その後Jちゃんの義理の弟は行方不明になったとのことだった。

断ることができない夫は決して嫌と言わない仏様のような存在でお金もしかたなく貸すのだが、無い時は手形を貸したり、借り入れの連帯保証人にもなっていた。だから、いつも他人の借り入れの返済で四苦八苦していた。それも結婚して初めて知った。

二千万円の返済をどうしたら良いかと考えるあまり、夫はJちゃんの家に行って弟が持ち逃げしたことをその兄に相談したが、Jちゃんたちはあまりにも多額なのでどうしようもなく、夫はぼうっと考え込んだまま四トントラックを運転して、実家の近くの家の門の中へ突っ込んでしまった。

折しもそこは、母の工場の内職をやってくれている家だった。二十三歳になったばかりの私が夫の代わりに菓子折りを持って謝りに行ったのだった。結婚して初めての正月が悪夢の始まりとなった。

仕事のしていない手形の返済は、銀行から借りる訳にはいかず、知り合いのツテで高利貸しから借りて返済するしか方法はなかった。翌月から月《つき》三分《ぶ》、利息だけで毎月六十万円。期日になると知り合いから借りたり、売り上げの前借りを頼んだり金策に追われた。

当時、夫の叔父さんが勤めていた農協からも五百万円ほどを借りていたが、毎月借り替えに行くのは私の役目となった。その度に叔父さんは私のせいだとくどくどと一時間近くも文句を言うのだった。

夫は「カエルの面《つら》に小便！」の如く、性懲《しょうこ》りも無く「仕方がない」と笑って言うばかりで、夫の実家での飲み会に行ったときなど叔父さんは隣に私を座らせてねちねちと酒の肴に「おまえのせいだ、何とかしろ」と言うのだった。私はそんな夫の実家の飲み会には行きたくないと思ったが、送り迎えするのが私の役目だといつも連れて行かれた。早くこのような苦痛から逃れたく返済してしまいたいとばかり思っていた。

後年この叔父は、私が何とかして会社を良くしても私を褒《ほ》めることはなかった。

その後私たちの仲人をしてくれた兄（Jちゃんの旦那様）が弟の持ち逃げしたお金の返済のため新しい事業を立ち上げ、新たな巨額の資金繰りが生じ、わずかばかりを返済するようになっていたが、それも持ち金マイナスからのスタートだったので新たな苦しみのタネとなった。

私はこの借金苦から逃れるためにも経理を勉強して対策を講じるしかないと思うようになったが、夫は性懲《しょうこ》りもなく「貧乏人の気持ちがわかるので仕方がない」の一点張りだった。ところがその持ち逃げをしたJちゃんの弟は、数年後その母親が亡くなった時に葬式で会ったが、豪華な喪服を着て、高級車を乗り回し、兄が肩代わりをしてくれていると言わんばかりに知らないふりを通した。こちらの借金はますます増えていったのに、その人は貧乏人では決してなかった。それに対しても諍《いさか》いを恐れる夫は何も言えなかった。

それからも夫は頼まれると地価の何倍もの田畑を買わされることもあり、売った人がそのお金で御殿《ごてん》を建てたなど噂する人もあった。

いくらかでも返済の足しにと借りていたアパートを解約し、結婚後まもなく工場の台所のそばに小さなプレハブを建てて移り住んだ。車は車検が一か月、二か月しかない中古を格安で買い、その都度乗り替えた。

結婚しても幸せにしてもらおうなどとは思わなかったが、あまりにも計画性の無さと優柔不断な夫の性格に、どうしてこの人を選んでしまったかと自分の見る目の無さに後悔すら覚えるのだった。

私はこの報われることのない人生をほとんど諦めていた。

夫は恥ずかしがりやのせいもあったのか、必要を感じなかったのか、私を業者にも、新しい従業員が入っても紹介することもなく、後日、従業員から「働き者の人がいるなと思ったら、社長の奥さんだったのですね」と言われたりした。

それからも、私が何度反対しても、夫は断れない性格のままで、「お金のない人の気持ちがわかる」と騙《だま》され続けていた。

義兄との出会い

夫の兄は、腿《もも》の付け根から足が無かった。若い頃、南部潜《なんぶもぐ》りという橋などを新設する時に、水に潜り古い橋に発破《はっぱ》（ダイナマイト）を仕掛けて壊《こわ》す仕事をしていた。

ある日、ダイナマイトを仕掛けて、ロープを引っ張って完了の合図を送ってから、足にロープが絡《から》みついて動けなくなったのだという。結果、爆発して両足を腿から切断することになった。その兄の若い頃は知らないが、意気揚々と仕事をして自信があったこともあり、その当時は自暴自棄《じぼうじき》になったという。人はそんなときに自信を失くして誰にも会うことなくふさぎ込んでいる姿に同情する。けれど兄の場合は違っていた。家の中では両手を足代わりに使ってスイスイと移動し、ヒョイと椅子に乗って、一緒にテーブルでごはんを食べた。

義足をつけて、松葉づえでどこにでも行く。

耕運機を運転し、農家の仕事をこなし、田んぼに座って両手で重い杭《くい》を打つ。また、電動車椅子を運転し、一人で町まで買い物に行く。障がい者の働く施設では工場長となり、他の人の世話をするのだった。そんな健常者よりも働く自信家に見える兄は夫にとって可愛くない（同情の余地などない）存在のようだった。

それまで私はそんな人など見たことも会ったこともなかった。健常者でありながら、つまらないことでウジウジと悩んでいた自分が恥ずかしく、それからというもの、めげたり悩んだりしないと誓った。

自分の境遇を嘆き、人のせい、社会のせいにする人がどれだけいるのだろう。それは何の役にも立たない。自分の境遇を受け入れ前向きに生きる。それは決して楽なことではない。しかし、努力することによって克服できることをこの兄のお陰であらためて知ることができた。そういえば、中学の時の教師からも努力することにより克服することを学んだ気がする。それを思い出した。しかし、夫を含め世間一般では、境遇をもろともしないで立ち向かっていくことを良しとしない風潮がある。

覚悟

事務所や人前では、何かあっても社長である夫には盾つくことはしなかった。それが美徳と思っていた。その代わり私は自宅に戻ってからは、勉強してきたことや伯母に教わったことなどをあれこれと夫に指示した。夫は勉強があまり好きではなく、学校でもビリを争っていたことを自慢げに話し、いくら言ってもやる気もないので毎日のように続いた。そんな話は意味がないと夫は私にうんざりしてできないことをなぜ言う、と逆に私の弱みを探すのだった。

会社経営をしている夫のためを思ってのことだった。ところが夫は会社経営をしたくて社長になった訳ではなく、兄の事故で呼び戻され、騙されて他人の保証人やお金を借りていたため、その返済に追われて返済のために仕事をもらい、一人の力ではとうてい返済できないので、雇入れていただけのようだった。Hさんにも、それを担ってもらっていた。

世の中は貸した金の返済を迫ったり、謂《いわ》れのないお金を出さない人は鬼と言われ、その騙されたお金を請求せず自分で工面する人や断り切れない人を仏と言う。夫は誰にも悪く思われないようにしていたので貧乏をしていても居心地は良かったのかもしれない。自分の晩酌を飲むためのわずかなお金があれば満足のようだった。私や子どもの生活は夫の実家からもらうわずかな米があれば良いと将来の生活のことなど考えてもいなかった。

夫はよく私に「お前はHさんを始めとして誰からも好かれていない、嫌われている」と言った。そして口癖は「お前には誰も付いて来ない」と言うのだった。確かに夫の性格を良かれと思っている人は、私には絶対付いて来ないだろう。

いくら振り払っても、夫のその言葉はトラウマとなって、私の心にのしかかる。そういう人を選んでしまった私は悲しみをこらえて、それでも自分の納得のいく人生を送りたいと思うのだった。

私は断固として謂れのないお金は出さなかった。伯母さんにはお金を貸すくらいなら、これくらいなら返さなくても良いとお金をあげた方が良いとも言われていた。夫は自分が考えつかない事を言う私に勝つのは、私の弱みである生い立ちを語ることだった。

「離婚して夜の商売で育てられた娘」というのが私に貼られたここでの烙印だと思い知らされた。

心の中で（あんなに勉強したのに、頑張ってきたのに、実家の工場を見捨ててまでも嫁いだのに……）

結婚して半年のある夜、自分のこれからの人生を考えると何もかも嫌になって、荷物をまとめ、嫁に来た時に持って来た車に乗り込んだ。夫の性格に失望し将来の生活のことを考えるといくら努力しても私の幸せはないと知り、一刻も早くここを出たかった。


発進する前にもう一度考えた。

その時、私のお腹には小さな命が宿っていた。

一度堕胎したこともあり産みたかった。

ここで別れたら、この子に何と思われるか。

私も母が離婚していなければ、経営者の娘としてこんなに苦労はしてこなかったかもしれないと思ったことが何度もある。

育ててもらった恩のある母にはそういうことは口に出して言ってはいけないと思っていた。


今度はこの子に私のように思われるかもしれない。

「お母さんの小さなプライドで私の人生を棒に振らないでよ！」と……。

夫は小さくともいっぱしの経営者、世間では仏様のような人だと言われている。

何時間経っただろう。

涙が溢れ止まらなかったが思い留まった。そして何があろうともここで生きる覚悟を決めた。

二十五歳　転機　鬼の生活

私が嫁いだ後、ほどなく実家の通信機器関係の工場は潰《つぶ》れ、五十歳を過ぎた母は世話になっていた人とも別れて、宮城県の中央部にあるB温泉に住み込みの仲居として働きに出た。母とは会う回数が激減した。

ある時、会社経営がずさんで評判の悪い社長が「会社が倒産しかかって俺に保証人になって欲しいと付け回す」と珍しく夫が言ってきた。お世話になっている人ならば少し考えてあげても良いかもしれないが夫をいつも馬鹿にしていた人である。

「わかった、私が何とかする」と夫を炬燵に隠し、素知らぬ顔で待っていた。

案の定その人はやって来た。生まれたばかりの二番目の子どもをおぶって対峙《たいじ》した。

「どごさ行った？」と聞いてきたので
「さあ！　いつも鉄砲玉でどこに行ったかわからない。もしかしたらすぐに帰って来るかもしれないので待っててください」と時計を見ながら平然と言ってのけた。

もうじき銀行が閉まる三時になろうとしていたので、右往左往した挙《あ》げ句にどこかへ行ってしまった。海千山千の伯母に鍛《きた》えられていたこともあり難なく追い払うことができた。

夫は断れない性格。これからもあるだろう。

それ以来、私が実印を預かることになった。これが私と会社の転機となった。

誰も年若い私が実印を握っているとは思わなく、その後は断り切れない夫が私に頼んできても世話になっていない人の保証人になって欲しいとの依頼はすべて夫に断らせた。

その後、二か所の銀行から借り入れをして、その二千万円を返済し、高い利息は払わなくても済むようになった。

お金の苦労はそれからほどなく無くなった。
今度は別の苦労が私を悩ませた。

一方、夫の実家では農家で暮らしを立てていたので、力仕事をしていなければ、事務職も仕事とは思われず、ただ遊んでいるとしか見えなかったらしい。ましてや経理や会社経営など考えてもいないと思う。

義兄が農家を継いでいたのでお米をもらいに行っていた。義母は兄嫁が留守の時に「今すぐ来い！」と隠してお米をくれるのだった。私は経済的に少し楽になったので、安くしてもらって堂々とお米をもらいに行きたかったが、その度に義母は「大丈夫だから」と言っていた。きっと兄嫁は少なくなった米びつを見てそのことは気が付いているに違いない。

ある時、その兄嫁にせめてものお礼にブラウスを買ってプレゼントした。それを見ていた義母は「夫の稼いでる金をムダに使うな」と言い放った。それですべてがわかった。いくら努力しても他から給料を得ていない私の意見は通らないのだと。

確執《かくしつ》

毎月六十万の高利貸しからの利息を支払うために、借りていたアパートも引き払い、安い材料でプレハブを建てて移り住み四六時中働く私たちが二人で給料二万円しかもらえない時期に付き合いのない近所の大工さんが、「(私たちの結婚式の半年後に結婚し、共に働いてくれている)弟に家を建ててやるのが兄の役目だ」との話を持ってきた。自分のところの仕事がなく、儲《もう》けるための手段だとずっと経ってから知ることとなる。

貯蓄もなく定時で帰る弟のために、断れない夫はその大工の言う通りに家を建てさせ、弟には住宅ローンの支払いがあるので、当時の私たちには破格の毎月十万円の給料を支払うことになった。毎月高い利息を工面しなければならないのになぜ断らないのか納得がいかなかった。

新築の家に住んだその弟の専業主婦の妻が言うには、土地は三角形で建坪も狭く、出来上がった家はビー玉を転がすと片方に転がるほど歪《ゆが》んでいたとのことだ。給料の十万円も足りなかったとも言った。

それから六年後にやっと建てた我が家は展示品などを格安で購入し、知り合いの資材屋に出向いて細部にまで私が指示し、安くしてもらって納得のいく家になった。

夫は弟夫婦に自分たちより先に家を建ててあげたので有難がられると思っていたようだが、弟の妻は、「何年か待ってこんな素敵な家を建ててもらえるのなら待てば良かったのに」と言った。まだまだおんぶに抱っこ、世話になることばかりだった。

私は一人っ子として育ったので兄弟というものはあまりわからないが、兄や会社のために一生懸命働くのが専務である弟の役目と思っていた。しかし、弟たちは社員である自分たちのためにできるだけのことをするのが社長である兄の役目と真っ向から反対の意見だった。私は弟には社員ではなく、経営を担ってもらいたいと思っていた。夫はここでも兄の役目だから、仕方がないと言った。

その弟の家を建てろと儲け主義の大工さんが来た時には、私は結婚して半年も経っていない時期でもあり、口を出す権利も何もなかった。私に権利があったなら「まだ頭金もないので、もう少し先に延ばしてから嫁の好きな家を建てさせてあげてちょうだい」と言えたかもしれない。すべて後のまつりだった。

その後、会社も経済的に良くなり、仕事も増えたので事務員を雇ったが、帳簿の合わないのは心の中でお互いのせいにし、どこが間違いかもわからなかった。

せっかく事務員を雇って楽になるかと思ったのも束の間、疑念の毎日だった。

パソコンを使っての入力なら間違いもなくなるだろう。悩んだ末に当時百万円もするパソコンを導入させてもらうことにした。入力はパソコンが使える私の役目となり、子どもたちが寝静まった後の作業となったが短期間で収支がわかるようになった。間違いも明確になった。その他に伝票のすべてをパソコンで作った。決算書もパソコンで簡単に出力でき、パソコンは事務員の代わりになった。

その当時はまだ税務署も親会社もパソコン導入に踏み切っていなかった時期である。

その他にも創意工夫をして省力化に努めた。

産み分け

長女が生まれ、また年子で次女が生まれた。気を付けなければすぐに妊娠することもわからなかった。

二番目の子どもが生まれたとき、鉄工所を営んでいるので後継ぎの男の子が欲しいだろうと勝手に思って、女の子だとわかった時点ですぐにもう一人男の子を産まなければと思った。夫は悪友から「女しか作れないのか」と言われた。そんな夫を見かねてのことだったが、あまり物事を深く考えていない夫は気にしていなかった。

神社、仏閣へのお願い事は三年間通わなければ叶わないと聞き、身ごもるのは三年後と決め、いろんな人のアドバイスも聞き入れ、ありとあらゆることを行った。

いろいろと考えて（栄養士になりたかったこともあり）食生活も栄養学の表を台所に貼って、独身が長く偏った食事の夫と、やはり好きなものを食べたい私の食事を今まで食べていない食品に、夫が気が付かないように変えた（夫は天邪鬼《あまのじゃく》なところがあるので、協力は望めなく、却って逆なことをやりかねないことを知ってのことだった）。

酸性の食事に偏っていた夫には、毎日の晩酌に身体の中でアルカリ性に変わるワインにした。その後もワインのお陰で健康でいられると誰かからの受け売りで話していた。

次女の出産から三年後、出産後まもない分娩室で産科医に「（男か女か）どっちですか」と聞いたら、医師に「ゴリラだ」と言われた。男の子だと知り、やっぱり努力は報われるんだとそれまでのありとあらゆる苦労が吹っ飛んだ。二十八歳の時だった。

喜んでくれると思った夫には「三姉妹でなくて残念！」と言われて、がっかりもしたが、努力は報われると悟った私はとても満足した。そんな夫には、飲み会などで出かける時以外は、三度きちんと食事を作った。それは自分との約束だった。

私は出かけても十一時半になると「一緒にランチをしよう」と誘われても帰って食事を用意した。ずっとそうしているうちに夫から「お前は昼、一緒に食べる奴もいないのか」と言われた。

普通なら「私はみんなの誘いを断っても、あなたの食事を作りに帰っているのよ」と憤慨《ふんがい》して言うのだが、そう言ったとしても昔のように言い訳だと思われるだろう。そして、言った以上は有難く思われなくても、ずっとそうしなければならなくなる。私は次の日から、「今日も食事をして帰るから」「明日も」と食事の誘いは断らなくなった。

ある時、珍しく一泊の旅行に行くことになり、友だちに「絶対夫に相談した方が良い」と言われたので頼んでみた。そうしたら、「子どもがいる、仕事がある、家事はどうするのだ」と行けない理由を並べられた。結局旅行に行くことを断念した。

後でぷりぷりと怒っている私を見て夫は、「聞かれたから一生懸命考えただけだ、聞かなければ良い」と言った。相談しないで「行ってくる」と言えば「そうか」と答えたようだ。

夫は「○○しなければならない」や「誘われたので仕方がない」と言われると弱い。「旅行に行かなければならない」というと「そうか」と言う。それからは何事も相談しないですべて自分で決めた上で報告した。

誕生日を合わせる

ところが、せっかくできた長男は女々しくて雪が降ろうものなら絶対外に出ない。家の中で遊ぶのが好きだった。

上の子たちは女の子なのに、近くにある森のような場所でのターザンごっこが大好きだが、男の子は一度もその森に近づこうとしない。室内で目線の高さで這《は》いつくばうようにミニカーで遊ぶのが好きだった。

「この子をお兄ちゃんにすれば、もしかしたら男の子らしくなるだろうか、それにしても四人の子持ちなんて嫌だわ！」と以前S市で生活していたこともあってトレンディ（流行に乗っておしゃれ）に生きたいと望んでいたので、ずいぶん悩んだ挙げ句、この子をお兄ちゃんにさせるべくもう一人作ることにした。その頃には食生活が上の子たちの妊娠した時とは違っていたので、今度生まれるとしても男の子だろうと思った。

それと同時に母親の本能なのかこの男の子が可愛くて仕方がなかった。「まだ生まれて間もないのにそんなことがわかるの？」と友だちに笑われたが、将来彼女ができるようなことがあったら嫉妬してしまうだろう。結婚したら嫁姑の諍いも勃発《ぼっぱつ》するだろう。それは避けなければならないと私は子育ての苦労よりも、もう一人産むことを選んだ。

長男が生まれて七歳離れての子になる。

また、悪友から《間違ってできた子ども》と言われかねない。

そこで考えたのは最初の子はハネムーンベイビーだと思うし、体調も万全で生理もきちんと二十八日毎にあるので誕生日を上の子と同じにすることにした。

果たして予定日は同じ日だった。

それなのに陣痛が起きたのは長女の誕生日の一日前だった。

「先生にお願いして誕生日を合わせてもらおうか」など考えもしたが、一人目は破水して苦労している。二人目、三人目は陣痛時間が比較的短かった。上の子を二十三歳で妊娠してから十一年も経っていて経産婦ではあるが高齢出産には違いない。三度きちんと食事をし、体調には充分気をつけてきた。

そのこともあり胎児はぐんぐん大きくなったようだ。分娩時間は二十三時間という初産の頃と同じような長さで結局のところ、四千グラム以上の、上の子と同じ誕生日に生まれた。その時に付き添ってくれたのは夫ではなく、十一歳になったばかりの誕生日を合わせた長女だった。

分娩室と病室を行ったり来たりしている間に、毎晩酒を飲みたい夫は娘を置いて、早々家に戻っていた。ただでさえお産は大変だというのに、小学生の娘を置いていくとは考えられないことだった。

思っていた通り男の子が誕生した。やはり計画的に進めれば願いは叶うことが立証された。

母の病気

旅館の仲居の仕事をしていた母は、私に四人目の子どもが生まれた頃には六十歳になりかけていて地元のY町に戻って一人暮らしをしていた。四人目の子どもを産むときにも子どもたちの面倒を見てくれた母のお陰で安心して入院できた。

それからも子どもが四人になったのでなおさら私は仕事と家事で忙しく、時折バスと列車の乗り換えで二時間近くかけて母に来てもらって子どもたちの面倒を見てもらっていた。

ところが母は来るとすぐに帰り仕度を始めていた。

道路をはさんで工場の真向かいに位置する我が家は工場から丸見えで、汗を流さなければ仕事ではないと思っている夫の親戚も多く雇っていて、事務仕事の経験がない人たちばかりで私は常に遊んでいると思われていたと思う。

母親に来てもらってまでも仕事を続けなくとも良いと思われているようだ。

母は「また来ていると思われている」と気にしてのことだった。私は母に来てもらえないと忙しくて大変だったので、ずっといてもらいたかった。家政婦を雇うことを夫に相談したが、他人を家に入れることを拒否されてしまった。夫は忙しい私の仕事量も把握《はあく》することなく、私は忙しくても自分のやりたいことをしているのだから耐えることしかなかった。

結婚する前までは母親に何事も従ってきていたが、結婚してから十年間一人で戦ってきた今はもう母親にも遠慮しなかった。

夫は平和主義者で私と母が親子喧嘩をしていると顔を曇らせ、私の気持ちなど関係なく「母親を引き取るのは動けなくなってからでなければならない」と言った。私はあらためて自分の境遇を恨めしく思った。母はまたすぐに帰り支度を始めるのだった。

私は生まれたばかりの子を含めて四人の子育てをしながら、業務をこなしていたので母が来てくれるととても助かっていた。

ところが、実家の近くの知人から悪い噂を聞いた。母が髪を振り乱し、下着姿で銀行に来ていたという。忘れることも多く、それまでは無かったのに、子どもたちの友だちが遊びに来ることを極端に嫌がった。親子喧嘩が絶えないのはそのせいでもあった。

私の親戚に相談すると認知症かもしれないので病院に連れて行った方が良いと言われた。

アルツハイマー型認知症と診断された。その時、母はまだ六十前だった。

私を育てるための長年の夜の仕事の影響とストレスが原因だったと思う。その頃はまだ認知症という病気も珍しく私にはその病気の知識は皆無だった。

母は「毎朝の味噌汁の具を何にするか心配で眠れない」とのこと。用意してあげれば良かったのに、「なんだそんなことか」と相手にしなかった。また、もの忘れがひどく財布の入ったバッグをどこに置いてきたかわからないと言ったときは思わず怒ってしまった。

後で考えれば幼き頃、あんなに嫌だった母の怒った顔そっくりに！

認知症は怒《おこ》りつけたら症状が進むということは後になってから知ることになる。薬を処方され、「ちゃんと飲んでね」と釘を刺したりしていた。

ある日、母が来る時間になって駅に迎えに行ったが姿が見えなかった。電話をすると「今日は行けない、明日行く」とのことだった。

「なんていい加減な！」と自分のことで精一杯な私は呆《あき》れた。
次の日の午前中に、なんだか様子がおかしく足を引きずりながら駅に降り立った。
「どうしたの？」と聞くと「昨日、自転車に乗って転んだ」とのこと。
「でも、大丈夫！」と車に乗り込んだ。

その日、お昼の用意を頼もうと内線の電話をかけたら、七歳の長男が出て、七か月になったばかりの次男の猛烈《もうれつ》な鳴き声が受話器から聞こえた。変だなと思って、急いで自宅に戻ってみると、母は長い時間うずくまって動かないという。後で知ったのは、自転車に乗って転んで腿の付け根を骨折したのにも関わらず、二時間近くかけて私のところに来たのだった。認知症の薬のせいもあってか痛みがわからなかったのだろう。動けなくなっていた。

すぐに地元のK病院に入院させたが、子育てと業務に追われているので付き添いを雇って母の面倒を見てもらった。経費は母の貯金で賄《まかな》っていたが、四か月入院した頃、夫の身内はその経費を心配し、付き添いのいらない、遠くの病院に移すように言ってきた。その病院のことを何も知らない私は付き添いがいらないこともあり承諾した。

付き添いがいらないということ、すなわちオムツをすることになることも知らされていなかった。

まだまだ、私の存在は認められていなく説明もなかった。

母は段々に寝返りすらできなくなって、ますます遠い私の郷里の宮城県の老人ホームに移った。その頃はだいぶ経営も安定し、夫の給料も高くなってきていたこともあったので、母を私の扶養として私の給料の範囲内で老人ホームの費用を賄った。


下の子が三歳になった頃、母は六十三歳の若さで亡くなった。夫に安心して子どもを任せて、付き添いに行けるようにいろいろ教えたかったが、夫は絶対に私の頼みを聞かなかった。

幼き頃、普通の家の子どものようなわがままを言ってはならなかったことや母に対しての文句も一つも言ってはならなかったことを考えると、それまでいずれ母親と一緒に暮らさなければならないと思ってはいたが、心の中ではどうしても母の人生よりも男にすがらない伯母の生き方に賛同してしまう私だった。

だが、母親を引き取るためにがむしゃらに働いた。

母親に死なれた今はまだまだ子どもたちにお金もかかるので、経営を大事に思っていない夫に任せておけず、伯母から教えられた経営をしたいと思い、それまで以上に業務に励んだ。

その一方で、勉強や研修の好きな私は、夫は頼りにならないので、上の子たちに留守番を頼んで経営の勉強にますます力を入れた。

転機　本当の人生のスタート

N研究所との出会い

一九九〇年、青年会議所（JC）の主催の研修の三期目に参加した。母が亡くなってまもなくの三十七歳であった。地元ではその青年会議所（JC）で、東京で行われるN研究所での研修会にこぞって参加していた。我が社でも誘われ何名かが参加した。

研修が大好きな私も研修枠があったことで、ちょうど子どもたちが夏休みだったこともあり、二泊三日の研修会に子どもたちを夫に頼んで参加した。

その研修は今まで経験したことのないほどの魅力的なもので大いに気に入った。

目からウロコの「人生は勝つことだ」

印象に残っているN研究所での研修内容は、講座の一つ「人生は勝つことだ！」だった。千人近くの参加者を二つに分けて、それぞれが相談して議論して勝たなければならないものだった。

私は物怖《ものお》じすることなく、大勢の前でも率先して敵を倒すことを提案した。結果的に敵味方の両方が協力してともに勝つことを教えるものだった。目から鱗だった。

中学のときの担任教師が見抜いた通り、リーダー気質の私はその千人あまりを束ねるMC（進行役）をやっているT氏の職業である講師に憧れた。

できればN研究所の講師になり、このような千人を束ねるMCをしてみたいとも思った。その研修は三つの講座に分かれ、最後まで受けると何年か後にMCになれるという。この研修で新たな目標を見つけた私は意気揚々として、すぐにでも次の講座を申し込みたいと思った。

以前この研修会に参加した夫は子どもたちを親戚に預けて、紹介者が激励《げきれい》するシステムになっていることもあり、最終日に東京に出向いて来ていた。私は激励など必要なく、子どもたちの面倒を見てもらいたかったので夫の姿があるのに「子どもたちはどうしたの？」と驚いた。研修が大好きな私は夫が紹介したから参加していたわけではなく、自分で決めての参加だった。

私は研修の前とは断然違って目標を見つけ希望に燃えていた。世の中が素敵なものに見えて仕方がなかった。

折しもその研修を終えたのは、花火大会の日であった。駅に降り立ち観たその花火も希望に満ち満ちた目には見たこともないほど輝いて見えた。

ところが家に着いた時に携帯ではなく、家の電話が鳴り響き、出ると、「警察です。お宅の三歳のお子さんが花火大会の会場で行方不明になり捜索《そうさく》願いが出されています」とのこと。まだ見つからないという。「連絡があるまで待機してください」と言われた。

先に帰ったはずの夫とは連絡がつかないままだった。

今までの浮かれた気分は吹き飛び、花火大会は川岸でやっているので「川に流されたのではないか、知らない人について行ったのではないか」と悪い想像ばかり巡った。その花火大会の主催者である青年会議所の知り合いの携帯に片っ端から連絡し、探してもらった。現地に行って探したいのをこらえて、待機を命じられたこともあり連絡を待っていた。

その間、あれほど希望に満ちてこれからやろうと思ってきたことを小さな子を犠牲にしてまでやることではないのではと、それまでのことを時間が経過するとともに全否定した。

長く感じたが、三十分ほどして、その子も含めて楽しそうに帰ってきた。

何でもみんなと離れはしたものの、三歳でも車の場所を覚えていてそこに自力で行ったという。親戚は行方不明になったことは警察に届けたが、見つかったことは報告を忘れていたとのことだった。

私は安心し、すぐに警察を含めて電話で協力を頼んだ人たちに連絡した。探してくれた人は良かったと喜んでくれた。

結局、子どもたちを安全に育てるのは私しかいない。もう、次の研修会もMCになりたいこともすべて諦めた。このような思いは絶対したくないと思った。

母親に死なれたことによるしがらみも無くなった私の東京に出たいという夢は砕《くだ》け散った。

R法人会との出会い

東京進出を諦めた私は地域の研修会に積極的に参加した。

勉強仲間が増えていった。

ある時にR法人会という経営者が勉強する会があることをその勉強仲間から聞いた。しかし、その会は早朝六時から、しかも当時はK市にはまだなくて、車で三十分ほどかかる隣のH市のD温泉で行われているとのこと。子どもの頃から朝が苦手で子どもの学校や地域での早朝のお掃除があると、朝に強く、私とは真逆で夜も早く寝る夫に頼んで起こしてもらっていた。

その夫は親切にも「始まる十五分くらい前に起こしてくれ」と頼んでも、早い方が良いだろうと一時間も早く起こしてくれた。一分、一秒でも寝ていたい私は余計不機嫌になってしまうのだった。

だからこの法人会の誘いには朝が苦手なこともあり、幼稚園に入ったばかりの子も含めて四人の子どもの世話をしなければならないこと。特に長男は小学生なので、七時十五分には家を出なければ登校班に間に合わないこと。セミナーが終わるのは七時、会場のD温泉からは三十分もかかる。入会できない立派な言い訳があった。

そうしたら、近々K市にも設立したいとのことで、地元で夜のセミナーがあるという。勉強大好きな私は夜だったら大丈夫と喜んで出かけた。そのセミナーは、諦めていたN研究所のセミナーの講師に匹敵するほどのM氏の声が大きくて迫力のあるセミナーは「素晴らしきな、ハイ!」という返事をテーマにした心を揺さぶられるものだった。

三十年近く経っている今でも、その感動は健在だ。

セミナーの後、講師を囲んでの夕食会が開催されるという。この素晴らしい講師と共に食事ができるのかと、夜は何時まで起きていても平気な私は夕食会にも喜んで参加した。

数名しか残らなかったので、講師とも充分話ができ、夢のような時間であった。そこで交わされるのは翌日の朝のセミナーのことだった。夜のセミナーに感動した私は、どうしたらこの朝のセミナーに参加できるかをずっと考えていた。

しかし、この会に入るのは会社の代表でなければならないとのこと。それをクリアできれば誰でも（社員でも）参加できるという。そのため、社長である夫と一緒に参加しなければならなかった。

懇親会が終わり、十時過ぎに帰ると、当時中学生の受験勉強に励んでいた長女はまだ起きていた。「明日の朝は、お母さんはお父さんと出掛けるからいない、朝ごはんの準備とお弁当の用意をしていくので、時間になったら、みんなを起こして朝ごはんを食べさせて、長男を登校班に遅れないように出して欲しい」と頼んだ。

長女はあっさり「いいよ！」と言ってくれたのだった。私はその一言がなかったら出かけられなかったと思う。R法人会との出会いも後年になっていたと思う。娘には感謝してもしきれないでいる。

それから、もうとっくに寝ていた夫に「明日の朝セミナーに行くので一緒に行こう」と声をかけた。寝ぼけ眼で「ああ！　わかった！」と言って寝てしまった。

明日の朝の準備をして、今まで考えもしなかった朝のセミナーのことを考え、興奮してしばらくは寝られなかった。

翌朝四時に目覚ましをかけて、今まで考えられないくらいパッと起きた。急いで身支度をして、朝ごはんとお弁当の準備をし、化粧も完璧にしてから夫を起こした。夫は私がそれまでそんな早い時間に起きたことはなく、ましてや化粧もして、しかも朝から機嫌が良い私に「ええっ！」と驚きを隠せなかった。

五時半前には出発でき、早朝のせいもあってかずいぶん早く会場に着くことができた。会場では、数名が機敏にセミナー会場を作っていた。

私をR法人会に誘っていた人は絶対に耳を貸さない私が朝の勉強会に来たので、今までも来ることができるのに出し抜いたと憤慨した。

「リリリーン！」とベルを鳴らし、司会者が「開始二分前です。心を正して静かにお待ちください」と何も見ないで言った。その後も淡々と進行した。

この会に入ればあのようにきちんとルールに従って人前で進行ができるのかと、以前憧れたN研究所に匹敵するそのセミナーに目を見張った。

前の夜には来ていなかったが、この会の会長はD温泉の高齢の会長で今まで聞いたことがないほど素晴らしい挨拶であった。この人の話を聞くだけでも価値があるとワクワクしていた。講師の話は昨夜にも増して素晴らしく、この会に入りたいという気持ちでいっぱいになっていった。

翌週からの夫を連れての朝のセミナー通いが始まり、入会を打診された夫は思わず嫌と言えない性格もあり、「はい！」と応えていた。

転機　R法人会の事務局員として

まもなくR法人会がK市にも設立されることになった。この会には会長、専任幹事が重要なポストであり、事務を担当する事務局が必須とのことだった。

積極的にRのセミナーに参加している私も設立準備に駆《か》り出されていた。今までただセミナーに参加していただけの私には事務局という名称は耳新しいものだった。

専任幹事は比較的すぐに決まったが、会長と事務局員はなかなか決まらなかった。ましてや事務局は新しく設立となれば、会費の積み立てもなく事務所の開設資金も事務局員の経費もない状態からの出発だった。

会長はともかく設立準備もあるので事務局が無ければ何も始まらないでいた。困っているのを見るにつけ、いつしか私に事務局員はできないかと考えを巡らせた。パソコンも使えたのも幸いした。事務局の場所を自宅に隣接している来客室を使えば、空いた時間で何とかなるかもしれないと考えがまとまり、夫を介して事務局を引き受けることにした。

自宅にいながら、四人の子育てと会社の業務、事務局の仕事とフル回転で寝る時間を削って働いた。

人の世話をすることが好きな私には楽しいことだらけで、事務局員ともなれば朝の勉強会の時は会場に五時入りするのでその準備は四時起きでは間に合わなかったが、相変わらず長女の世話になりながらであったが、それも週に一度のことで苦にならず楽しいものだった。学ぶことが好きではない夫はその頃には朝の勉強会には参加することは無かった。

会長は日参して名前だけということでN氏に引き受けていただいた。N氏は名前だけというつもりが、R法人会という組織はとても素晴らしく、朝の勉強会には必ず奥さまを同伴で参加していただき、D温泉の会長に匹敵するくらい素晴らしい会長挨拶を毎回聞くことができた。

このR法人会は全国組織で新設したばかりということもあり、発展を願う本部は毎回素晴らしい講師を派遣してくれた。その講師に連絡するのも楽しいことの一つだった。私は講師が決まると何か月も前から楽しみにしている心胸を告げ、二か月前、一か月前、毎週と連絡を怠らず、出迎え、接待にも積極的に参加した。会長名でのお礼も欠かさなかった。

ここでやっと伯母から仕込まれた作法や考え方と中学生のときに培われた計画性が役に立った。

事務局員でありながら事務長の役職をいただいて参加した。その会の講師はR研究所の職員を除けば、みな優れた経営手腕の社長だった。私は一人の女性経営者として接してもらえた。会員の皆さんには親切丁寧に対応した。

今までの鬱積《うっせき》していた気持ちは吹き飛んで、理想とする会社経営の講話はどれも魅力的だった。接待に参加しての講師による裏話もとても役に立った。私は会社経営にほとんど取り入れた。

三年間の手弁当での事務局生活は、全国に知り合いができるほどになった。しかも素晴らしい方ばかりであった。

以前、N研究所のセミナーに参加し、帰ってきた夜に下の子が行方不明になったこともあり、今度は事務局を含めた生活を手放したくなかったので、子どもたちの教育はもちろんのこと、会社の業務にも手を抜かずできるだけのことをした。Rの活動にも積極的に参加するのはもとより、他の研修会にも率先して参加した。

私の理想は水面上では優雅に見える白鳥が水面下ではバタバタと懸命に足を動かしている姿だった。そんな努力を知らない人たちは、あまりにも各地に出向く私にどこにでも行けるのは優しい旦那様がいるからこそで、あまり遠出はしないように忠告をしてくるのだった。

めげずに積極的に関わった。

私はこの一人何役もこなせる天性に感謝していた。だから、氷山の一角しか見えていない人たちの意見はあまり聞かなかった。

R法人会が大好きな私は、会員を募《つの》る会員普及にも率先して歩いた。会社に取り入れてどんどん良くなっているという説明は的を得ていて、ほとんどの企業が入ってくれた。

ほどなく会員数百社達成の記念式典では、早々《そうそう》に目標を達成して、役員から演者を募って太鼓を披露して、当日は大いに盛り上がった。


この三年間でたった一度朝寝坊をしてしまった。五時ちょっと過ぎに目が覚めた。そのまま何もせず、子どもを放ってセミナーに行くことはできなかった。子どものこと、会社の業務などをきちんとこなして、やると決めたから、行くのを諦めざるを得なかった。

三年目になり、会の財政も豊かになり、それまで事務局経費も無かったが、私の会社にもわずかばかりの事務局費をいただけることになった。結婚して他から給料をもらったことなどなかったのでとても嬉しかった。

ほどなく、事務局手当を出せることを聞きつけて、夫のことを心配する名目で副会長は別の会社に強引に事務局を移設した。悲しいことにここでも私の意見は聞いてもらえなかった。ずっとこの楽しさを味わっていたかった私にはショックだった。私が楽しそうにしているのを見てどれだけ楽な仕事だと思ったのかもしれない。その事務局の移転先では、事務局の仕事の多さに比べ、手当の少なさに早々に手放すことになった。

愛と感動のハガキ道　舞夢私夢《まいむまいむ》通信

O氏の講演を聞いた。

この方は散髪屋さんにもお礼のハガキを書くという。毎日出会う人に感謝の意を込めて書くので凄《すご》い枚数になるという。愛情を込めて書くのでたくさんの人に感謝され、毎日感動の日々だという。誰に出したかわかるように、そして後で見返して書くこともあるので複写の紙を敷いて控えを取っておくそうだ。

R法人会の事務局を辞めてからは、自分の会社ではいくら人に尽くしても感謝されたことのない私は感謝されたい、また私自身も感動したいと思って早速、控えの冊子と複写の紙を購入して始めた。凝《こ》り性《しょう》の私はなるべくたくさんの人に書こうと思った。

その結果、書いた相手に喜んでもらえ、お礼を言われることが増え、O氏の言う通り本当に（愛と）感動の人生になっていった。それまでもR研究所の事務局を任されていて楽しかったが、それよりずっと毎日が充実し始めた。

そのO氏は次の段階として「自分新聞を作るように」とのことだった。そして、「友人、知人に配りなさい」と言う。感動したこと、みんなに教えたい情報、新しい出会い等々、良いと思ったことを記事にして新聞にまとめて、共有することにより、もっと愛と感動の人生になるという。

その新聞を作る時に、舞う夢私の夢、舞夢私夢企画を立ち上げた。この舞夢私夢という名前のコンセプトは「あなたが夢を実現することが私の夢でもあります」という応援することを目的にした。

そのパソコンで仕上げるA4サイズの両面の新聞には、なるべく役に立って欲しい情報を盛り込んで毎月百人近くの友人、知人に送った。

それは五年あまり続いた。先日幼馴染から、「あの時の『舞夢私夢新聞』が書類の中から出てきたよ」と連絡を受けた。とても役に立つ楽しいものだったとの感想だった。

そして、愛と感動のハガキ道を実施して六年目、たくさんの友人ができ、その年の年賀状は千枚に挑戦した。

十一月一日の年賀ハガキの発売とともに郵便局から頼んでおいた千枚のハガキが届き、前もって考えていた原稿をもとに印刷を依頼、十日頃には仕上がって手元に届く。私は幼い頃から物書きをし過ぎたのか右手の中指の左側にペンだこができていて、指を揃えると中指が右側に傾いている。

たくさんの字を書くとそのペンだこが痛む。だから筆ペンを利用している。表書きはその筆ペンで書く。仕事を終えて帰ってからの作業になる。一日二十枚以上書かないと元日の配達に間に合わない。夜の行事があると次の日は四十枚以上になった。

そういえばいつだったかの講師は、一言添えることを提案していた。その一言にも時間を要した。

私は目標があると張り切るタイプなので、必死でというより楽しんで毎日書き続けた。

次の年は七百枚、次の年は五百枚とだんだん減ってはいたが、三百五十枚の年賀状を書くのは最近まで続いた。

昨今はメールなどで済ませるようになった。しかしハガキでもらう返信は、やはりハガキでないと申し訳ない。差し出す年賀状は百枚ほどになるのだが、閃《ひらめ》いた言葉をもとにパソコンで原稿を仕上げ、コピー機で印刷し、宛名はやはり筆ペンで書いている。

「ダイヤモンドはダイヤでしか磨くことができない。人も人によって磨かれていく。良い出会いを！」

という年賀状に印刷した言葉は後年になっても、良いハガキをもらったと新聞を作って配っていたときと同様に定評がある。

転機　経営計画勉強会

その頃、R法人会から、経営者向けのいろいろなセミナーのお誘いがあった。

R法人会のセミナーはもとより参加して得たものは、ほとんど会社に取り入れた。

夫の会社は溶接の職人で成り立っており、会議だ、ホウレンソウの報告、連絡、相談が大切だと言っても、「そんなことより仕事をしていた方が良い」と文句ばかりだった。

そんな従業員の文句を代弁するのは、いつも夫だった。私は会社を良くしたかった。できれば二流、三流から這い上がりたかった。だから、従業員から何を言われてもへこたれなかった。しかし、何か新しいことを提案する度に夫は一番に反対したいのを同じく新しいことをやりたがらない従業員の言葉を借りて代弁するのだった。

夫は「今のままで当面は良いと思っている。段々にそうなれば良い。急ぎ過ぎだ」「そんなことをしたって誰も付いて来ない」と言うばかりだった。

夫にお金を貸してくれとか、保証人になって欲しいとまだまだ言い寄る人たちが多かった。印鑑は私が保管しているので夫の一存では決められなかった。夫は頼まれて断りきれず、これこれこういう訳でとその人の代弁をして私にせがむのだった。

見ず知らずの人の保証人は頼み込んできても私は耳を貸さなかった。夫はそれまで言いなりに保証人になっていたので、その時は喜ばれ、一時的にその場を凌ぐことができていたが、断ると執拗《しつよう》に迫られるので何とかしたいと思ってのことだった。その頃には「この人は後のことを考えずに良い人と思われることだけに生きているのかもしれない」とすっかりわかってしまっていた。

夫はその度に「自分は人様から仏のように思われている。しかし、お前は鬼のようだ、誰からも好かれていない。従業員さえも反発している」と断れない夫は私に言うのだった。

生きる上でどちらについた方が得策《とくさく》かを人は瞬時に判断する。そんな時私はいつも孤独だった。

夫に何と言われようと私の信念は固かった。後のことを考えれば、そんなことをして好かれようとは断じて思わなかった。

しかし、一番に反対するのは夫なので私の心は穏やかではなかった。

夫の会社は謂れのない借金をしなくなったことで金銭的にゆとりができてきた。

それでもまだまだ満足のいかない私はやはり経営は社員と共に行わなければならないと思い、従業員とともに風通しの良い儲かる企業を目指そうとしていた。

というのは、その頃、毎晩のように幹部社員のPさんが来て一緒に酒を飲み
「社長はどこに向かっているのか。この会社の舵はどこへ向かおうとしているのか」

と言うのだが、夫は聞く耳を持たず酔いつぶれてしまうのだった。

それを聞くにつけ、「どうしてこの人は、会社のことを思う幹部社員の言葉に耳を傾けないのだろう」

「どうすればこの幹部社員のような会社になるだろう」と考えるようになってきた。あまりにも熱心なPさんの言葉に何とかしなければと思うのだった。

株式会社に改組した平成元年のある日、夫は業者から勧められたのか、一億円以上もする自動制御《じどうせいぎょ》で鉄板を切断するレーザー切断機という機械を導入しようとしていた。

しかし、借り入れ返済は月々利息を含めてそれまでの分にプラス百万円以上になる。これは相当な覚悟がいる。もちろん、仕事の量も社員も増えてきた今こそ最新の機械を導入する時期ではあるが、今までのように社員に「この機械はお前たちのために導入したから、使え!」とただ備えただけでは宝の持ち腐れになる恐れがある。

社長である夫は、他の機械と同様、社員には何も相談することなく、導入しようとしていた。それを押し切り幹部社員を集め、月々プラス百万円以上の支払いになることを説明し導入するかどうかを相談した。

その結果、幹部社員がみな賛成してくれてその機械を導入することになり、幹部社員に毎月末、売上、支払い状況を説明することとなった。それはその後の会社経営をするのに転機となり幹部社員も経営の担い手となって風通しの良さに繋がった。利益も上がってきた。

三か月ごとに幹部社員の家族を伴って特別なメニューで夕食会を開催したり、社員の誕生日には豪華な花を届けたりもした。

しかし、経営に関しては、いろいろな経営者のセミナーに行ったり、啓発本《けいはつぼん》を読んではみたものの確《かく》たる手応えはつかめないでいた。

そんな時にR法人会に入り、素晴らしい講師（経営者）の話を聞き、これはと思ったものはすぐに実行していたが度々講師から聞く、究極は経営計画書の話だった。

《経営計画書は魔法の書、経営者のバイブル》という謳《うた》い文句に引かれた。

人生はストーリーだと思った。そして、欲しいもの（チャンス）は向こうからやって来るものだった。

経営をどうすれば良いか悩んでいた時、会社の経営計画書を作るセミナーの募集が始まった。S市まで通っていたR法人会をこの県へ設立し、初代会長に就任したQ氏による月に一度、十か月に及ぶ長期の勉強会だった。二十名ほどの募集に夫を会員にし、私はその事務局員を引き受けて、会場の準備、設営、資料の作成をした。事務局員の特権でその勉強会にも参加させてもらった。

誰よりも熱心に聞き、すぐに実行した。

ところが勉強はしたものの、経営計画書を作成してその後に発表会を開いて実行したのは二十名の会員のうち半数くらいであった。経理も経営も苦手な夫もなかなか作成できなかった。経理を担当していた私にとっては楽勝だった。もちろん、求めていたものだったこともあった。

その後、経営計画発表会を毎年続けているのは我が社を含めて二、三社ほどしか無いらしいと聞いた。Q氏の勉強会の他に、他の講師による経営計画勉強会にも誘われ、夫も誘って参加したこともあった。

また、東京のPホテルで行われていた経営者の教祖と呼ばれていたI氏の経営計画勉強会にも参加し、真髄も取り入れた。

私の作成した経営計画書は何か月も熟慮した魂の込められたものに仕上がった。ここでも中学の時に培われた計画性と諦めない心が役に立った。

ただ、人まねだけにできなかったのは、溶接業で職人気質《かたぎ》の夫も含めて中学校しか出ていない社員が多いので誰にもわかりやすくしなければならなかった。

私が考えたのは単純に売上金額の合計と支払い金額を差し引いたもので、この金額が残らなければ、給料も払うことができない、逆にこの金額が残ればボーナスも達成手当ても出せるという数字を盛り込んだ。今まで通り毎月末の売上と支払いの数字に社員たちは関心を持った。

その十年計画は優良企業への道標となった。

十年後には土地だけで当時六千万円をするK南工業団地への進出も入れた。バブルが弾けて経営が困難絶頂期の頃だったので社員からは現実味がないと猛反発された。

毎年地元の著名な講師を招いて、盛大な経営計画発表会を開いて、社員には夢を語らせた。私には、絶対にこの通りにできるという自信があった。

しかし、夫は銀行を含め、他の人を呼ぶことを避けていた。その通りになるなど信じられず、笑われるのが落ちだと思ったのかもしれない。

経営計画書を作成して十年後、私は独立してチャイルドアカデミーの代表をしていたが、K南工業団地の第二工場が完成した折に落成式に呼ばれた。その時猛反発していた幹部社員に「申し訳なかった。まさか実現するとは思わなかった」と謝られた。

私が会社に行かなくなってからは夫が経営計画の勉強会に参加したこともあり、私の作った経営計画書に少しだけ手を加えただけの計画書を作ることになった。

夫は百人企業にしたいと思った。まさにそれも実現し経営計画書は「魔法の書」となった。

人生のシナリオ

私は地元のセミナーにも喜んで参加していて、ある時に故Vさんという東京から来られる方の講演会に誘われた。その講師は喉が悪いと言ってぼそぼそと話していた。

ぎゅうぎゅう詰めの和室にたくさんの参加者が静かに音も立てずに聞いていた。その講演会は四時間にも渡るものだった。最初に聞いたときは、「ありがとう」と何万回も唱えると有難いあり得ないことが起きるとか、宇宙の法則という話の内容も声も聞き取れず、感動は無かった。そう思ったのは、そのときだけで思い起こせば私が今まで触れたことが無いだけのことで、「この方の話は一理ある、信頼できる」とわかるとそれからは各地に出向き何度も聞いた。

その講話の内容の一つに、人は生まれてくるときに自分のシナリオを書き、書き終えた人から順番に生まれてくる、というものだった。

何年何月何日、何時何分に生まれ、いつどのような人と会い、どのような言葉を交わし、どのようなことをするのか、こと細かく人生設計を書いて生まれてくるのだそうだ。

自分で書いたものなので他人のせいには決してできない。年若くして死ぬ人はそういうシナリオを書いて生まれてくるという。

ずっと幸せと書く人もいるが、ここで困難を入れ、ここで試練を入れ、ここはどんな嫌な人に会うなど具体的に書き、死を迎えるまでを書き終えた人から生まれてくるそうだ。

私はそれを聞いて今まで人のせいにしてきた生い立ちも実は自分が書いたシナリオだったかと驚き、どうすればこの言いようもない嫌な人生から抜け出し、これからの人生を良いものにするにはどうしたら良いかを考えた。

私が他の人と違うところがあるとしたら、それを前向きに捉え、自分で書いて生まれてきたのなら、これからの人生は書き直せると思ったところにある。

Vさんが言うには、人生は振り子の法則で良いことと悪いことが同じくらい起きるそうだ。ある人は素晴らしい栄誉を得た。そうしたらその人は足を骨折したそうだ。私はケガも病気もするわけにはいかない（思った通りにできなくなるから）素晴らしくあり得ない（有難い）ことを望んではいけない。少しの振り幅で良いとも思った。

経営計画書により、社員には毎月達成手当てを出し、ボーナスを年三回、その他に決算手当てを出した。ボーナスとして一年に給料の四か月分を支給したことになる。でも、社員も社長である夫も喜ばなかった。会議や計画を立てなければ成果は望めない。それをするのが嫌で反発ばかりだった。

私は誰かに喜んでもらいたいから頑張ってやってきたのに。

会社では誰一人として「ありがとう」と私に言う人はいなかった。

私は、こんな人生は嫌だ。なんとかできないものかとずっと思っていたので、ある事件をきっかけに失望し、Vさんの言う生まれる前に書いたシナリオを書き換えることにした。結果的に経営計画書を捨てて会社を辞めた。

夫はこれを挫折と言ったが未練も後悔もなかった。

夫は「俺が社長（経営者）でなかったら、お前は（嫁に）来なかっただろう」と言った。経営者であった私の父親の思いもさることながら、伯母さんに仕込まれた経営手段を発揮したかったのかもしれない。仕事をしないことは私の人生の汚点であるに違いないがしばしの休憩を楽しんだ。

運命のいたずら　生まれ変わり

もう一つ、会社を辞めることになったきっかけがある。R法人会では、R指導という特権がある。何かうまく行かないことがあると専門家の講師に相談できる。

ある日、R研究所の講師から役員をやっている私にお電話をいただいた。

「K市を経由して沿岸の法人会に講話に行くけど、ちょっと時間があるので、良かったら会って話せないか」というものだった。

私は時間を作って、その講師にお会いした。

「あなたは将来何になりたいと思っているのですか?」と聞かれた。

「経営者になりたいと思っています」と答えた。

「どうしてそう思っているのですか?」と聞かれた。

私は答えられなかった。

母と別れた父は経営者だった。

伯母には経営者になるように育てられた。果たして自分は本当に経営者になりたかったのか。わからなかった。


幼い頃に両親が別れたことを話し、近年母親が亡くなったことを話したら、講師は父親のお墓参りはしているのかと尋ねた。

母親と別れてすぐに他の人と再婚した父はそれまでのタクシー会社を手放し、S市で個人タクシーをやっていたらしい。

父親が亡くなった時に幼い頃一緒に暮らしていた兄は苦労したこともあり、恨《うら》んでいたと思う。その兄から、父親の遺産を相続するかどうか相談された。父親はその頃は、落ちぶれていて「遺産を相続するということは、負債があった時はその負債も相続しなければならない。だから、放棄《ほうき》しないか」と言われた。

私は素直に「いいよ！」と頷《うなず》いた。その時から十年以上も経っていた。

私は今の境遇のほうがずっと辛かったので兄ほど父親のことも幼い時の境遇も恨んではいなかったが、父親のお墓参りをしようなどとは思ってもいなかった。その講師から「どうしても見つからなかったら仕方がないが、探してみるように」と言われた。

あちこちに聞いてみたが、わからなかった。しかし、父親のお墓は見つからなかったものの、父の最初の奥さんの長男のお墓があるというので、そこにお参りに行ってみようと思った。その兄は水の事故で亡くなったと聞いていた。

その兄は生前父親に可愛いがられ、後継ぎにしたいと考えていたらしい。

その命日を見て愕然《がくぜん》とした。

正に私の誕生日が寸分違わずに彫ってあった。

私はその腹違いの兄の生まれ変わりだったのかもしれない。

父親の最初の奥さんは愛人の子どもが生まれた日に自分の子どもを亡くしたのだった。何という運命のいたずらだろう。

その奥さんの悲しみはどんなだったろうと思うと申し訳なさでいっぱいだった。

その後、私も父から可愛いがられていたことも聞いた。父親の思いが伝えられていたのかもしれない。


私は自分の心を見つめ直してみた。本当は何がしたいのか。

私は経営者を辞めた。家庭の主婦も居心地は悪くなかったが、そのままで良いとは思っていなかった。

そういうわけで「経営者」と名の付く朝のセミナーにも行かないことにした。法人であるR法人会にも行けなかった。

そういえば小学生の頃、学校の先生になりたかった。しかし、夜の仕事しかできない母一人の収入では大学には行けないので諦めていた。

チャイルドアカデミーとの出会い

そんな時に、以前経営計画勉強会でお世話になったI市のT呉服屋さんから連絡をいただいた。

なんでも都会の勉強会の仲間であるチャイルドアカデミーの社長から、M市の教室のオーナー兼講師が若くして亡くなったので、その教室を引き継ぐ人を探して欲しいのだという。その亡くなった男性講師が自宅のあるこのK市ではなくM市でこの教育を始めたのには理由があった。

ここK市は閉鎖的《へいさてき》でなかなか新しいものを受け入れない地域なのだそうだ。だから、K市ではたくさんの生徒数は望めないらしいのでM市で開業したとのこと。

その亡くなった方はK市から高齢のお母さん（お母さんたちの相談役として）と共に朝の七時に家を出て夜七時までの教務のため片道一時間を車で通っていたが、ある朝起きてこなかったという。死因は不明とのことだった。四十二歳の若さだったという。

その方は全国のチャイルドアカデミーの中でも、優秀なことで有名でM市の教室の生徒は六十人を越えていたそうだ。

後を引き継いでもすぐさま利益が見込めるそうだ。そのチャイルドアカデミーは胎教から小学校を卒業するまでの右脳を鍛え、それを左脳に太いパイプで繋げる天才教育である。

そのため、月齢毎のたくさんの教材を必要とする。その教材もそのまま使えるとのことだった。

教師になりたかった私に思わぬ夢の実現の可能性が舞い込んだ。

しかし、よくよく考えてみたら、優秀な男性講師の後を、ずぶの素人の私が務まるだろうか。

それまでの順調な発育を私が引き継いだことによる停滞《ていたい》も予想された。お母さんたちからクレームがくるのは間違いない。それを避けるためには相当の努力が必要とされる。

ましてやその方は男性で家庭のことは奥さんがやっただろうに、私は出かける朝七時までの間、フル回転で家のことをやり、M市を夜七時過ぎに出るのであれば、八時前に帰れそうもない。それが毎日続く。家を毎日空けることは、いつもよりきれいにしておく必要もある。年齢が上の私も、この人のように突然死をする可能性があると思った。

主婦業に専念していたその頃は一番下の息子は中学生となってはいたが、長女は教師を目指して教育大学に入学したもののそのまま大学の教授の手伝いをしていた。次女は三年制の保育専門学校に行っていた。長男も音楽の学校に入り、都会で長女と共に暮らしていた。

私はこの下の子を三十四歳で生んだので、その頃は社会的に経営者の仲間入りをしていたこともあり、夜にかけて出かけることもあった。そんな時は長女と次女が協力してこの子の面倒を見てくれていた。

もちろん、夕食は用意をして行くのだが、夕食を終えると長女が生まれて間もない次男をお風呂に入れて、次女が着替えをして、私が帰った頃にはミルクを飲ませて寝かしつけてくれていた。

長女は小学校の教師を目指し、次女が保母になろうとしたのは、この時の子育て生活も影響していたのかもしれない。

夫はもちろん社会的に出かけることも多かったので当てにはならなかった。

長女も次女も長男も家を出ていた。中学生になってはいたが、下の子を放って置けないと私はM市進出を断念した。

しかし、この教育には思い入れがあった。というのは、勉強好きな私のところには、いろいろな情報が入ってきていた。その一つにT氏（当時は講演料が数百万円とも言われていた）と本物の人との対談のCDで、そのチャイルドアカデミー校長のU先生とのコラボもあった。

そのCDを聞いてびっくりした。U先生の教育（U教育）は眼からウロコの叱らない教育でもあった。それが天才を育てるという。

ちょうど下の子がお腹にいるときで、お腹に話しかけるなどの胎教と生まれてからは叱らない教育を実践《じっせん》することにした。それまで私は自分が順調に仕事をしたいばかりにそれに反することがあると上の子たちをことごとく叱って育てていた。多分あれほど嫌だった母や伯母のような形相で叱っていたと思う。自分の都合でと言ったが、叱らない教育など知らなかった私はそれが子どもたちのためを思ってのことも事実だった。

叱らない教育をすることにより、この下の子は天才的には育つだろうが、社会的にはどんな子になるだろう。もしかしたら、女ったらしに育つかもしれない。

そうなったらそうで仕方が無いと叱らない子育てを実践し続けた。

長男が中学生になり、私に食《く》ってかかったことがある。

「自分たちは、幼いころ叱られて育てられたが、お母さんは下の子を叱ったことなど見たことがない。自分たちと同じように叱って欲しい」

とのことだった。しかし、叱らない子育てを続けていくうちに叱ることを我慢していたわけではなく、その子も他の子もそんなに叱る理由などなかった。

「わかった！　叱ることにする。けれど下の子ばかり叱らないのではなく、あんたたちのことも叱らなくなったでしょう。ということは、あんたたちのことも前のように叱るからね」

と言ったら、しばらく考えて「今のままで良い！」と言った。果たして私の子育ては叱らない、すなわち私の心も安定した生活へと変わっていった経緯もあった。

その教育ができると言う。私はそのチャンスを見逃さなかった。

確かにM市の教室の生徒数六十人を超えていたのは財政的には魅力だ。その教育はフランチャイズで他の塾よりも月謝が高い。その分ロイヤリティも高いのだが。

しかし、私は亡くなった男性講師がK市は閉鎖的で生徒が増えないであろうと思っていたことを知りながら、このK市でチャイルドアカデミーを開設しようとしていた。入室してくれる生徒人数も少ないかもしれないので、地元であれば、レッスンがないときに家に戻れる。家庭のことをやってからでも始まる時間に間に合う。

中学生の息子の学校での行事などにも出かけられるかもしれないと思ってのことだった。


その時の年齢は五十歳に手が届きそうだった。しかし、ゼロからのスタートはK市R法人会の設立に事務局として関わってきた経験もある。ましてや嫁に来た当時もゼロからいやマイナスからのスタートだった。

何より、教師のように子どもたちに関わっていける。

その時会社を辞めていたこともスムーズに教室開設ができた。

後日談ではあるがそのM市の教室は男性講師が存命中、その講師のレッスンを受けていた生徒のお母さんが後を引き継いだという。男性講師のお母さんもそのまま相談役として残ったそうだ。

また、誰にもわからなかったその男性講師の死因も知ることとなる。当時M市の教室に通いたいとK市から面談に行った親子がいた。その親に対して「これ以上、生徒が増えたら、俺は殺される」と断ったそうだ。多分、生徒が思った以上に増えたのだろうと思った。

言葉は言霊、マイナスなことは言ってはならないのだ。

その子は支援（知恵が遅れた）の教室しか入れないだろうと言われたとのことだったが、まだ三歳になっていなかったので、尽力した結果、普通学級に入れて、高校、大学と進級することができた。今でも毎年近況を知らせる年賀ハガキをいただいている。

チャイルドアカデミーの研修

早速、チャイルドアカデミーK教室として契約をしてO市で行われる二泊三日の初級（幼児コース）研修に行くことになった。

O市には飛行機で行き、リムジンバスに乗った。

研修会場に着いたのは、U先生による第一講座が始まってから一時間も経過していた。遅れるとの連絡はしていたが、空いていたのは一番前の席で相当なプレッシャーだった。

研修の内容は前もって資料は届いてはいたが、初めて聞く言葉ばかりで、ちっとも頭に入ってこなかった。講座が終わる毎にテストがあり、すべて満点を取らなければ次に進めなかった。その一時間の遅れを取り戻すためには、お昼休みを利用するなどして頑張ったが成果はなかった。

ほとんどの受講生は二十代くらいの若さで、しかもすでに講師として教室の運営を手伝っている方ばかりだった。レッスンを受け持つために資格を取りに来ているとのことだった。

一日目はとてもついていけず、一番最後になった。

ホテルに帰ってからもその日のうちにやる宿題があった。夜中までかかって宿題をやり遂げ、眠りに就こうとして思い出したのは、U先生の「イメージすればイメージした通りになる」だった。

私は翌日からのテストは一番で終わることをイメージした。

当日、残念ながら一番にはなれなかったが、二、三番目に終わって早めにホテルに帰ることができた。

初級（幼児コース）講座はゼロ歳から就学前の幼児に関わる資格を取得し、半年後には中級（ジュニアスコース）の講座を受け、念願の小学生を教える資格を取った。次からはもちろんのこと、前泊して決して遅れないよう心がけた。

それから、また半年後には、障がい児（支援の子も含めて）コースを教える資格を取った。次の半年後には胎教コースと。

K教室を開設して、一番楽しかったのは、やはり小学生を教えることだった。小学生の頃の夢が叶ったような気がした。ジュニアスコースは上級生になるとスーパーエリートコースと名称が変わっていき、意欲的に取り組んだ。

小学生コースは全国共通の内容で中高一貫校にも入れるほどの内容だった。私は張り切ってプログラムを実行し、生徒にカリキュラムをこなさせた。手製の宿題も与えた。しかし、次の年（ステップⅡ）には、七人いたステップⅠの生徒はほとんどやめて、一人しか残らなかった。

教育は続けてこそものになる。一年やそこらで辞めてしまったら何にもならない。次の年から入室した生徒には、学校の宿題を優先させ、この勉強はレッスン中だけにした。おかげで楽しいと言われるようになり、わからないところはかみ砕いて教えることにしていたのでほとんどの生徒はスーパーエリートコースへと進級した。

幼児や障がい児・胎教コースは五十分授業に対して、小学生コースは九十分間の授業だった。間に五分間程度の休みを入れるが、それもいらないほど楽しく九十分はあっという間に過ぎていった。

小学生を担当するのは、主に土曜日でひと頃は午前一つと午後二つの三つの講座を持っていた。幼児コースは親子同伴で五十分の授業で何通りもの道具を使った遊びをし、遊びの中から楽しく脳を鍛えるものだった。

ある教育熱心な親は胎教コースの後、生まれて二か月くらいでも幼児コースに入室させた。そんな乳児にどんなことをするのか、疑問に思うかもしれないのが、眠っていてもお母さんが抱っこしながら小さな指に五感を刺激するおもちゃなどを触らせたり、握らせたり、ボディマッサージをしたり、リトミックをしたり、それなりのプログラムがあり、五十分間懸命にレッスンをする。たとえ乳児といえども月謝は同じである。小さければそれだけ天才脳が育つ。今でも二、三年しか教えていないゼロ歳から入室した生徒から「おかげさま」とメールが来るが、すべてプログラム通りにレッスンしているので私のお陰ではないので恐縮してしまう。

最近では少し慣れたが、二十年間、始まる前にはいつも緊張する。

来てくれている子のこれからの人生が実りあるものかどうかを左右する教育だから気は抜けなかった。

チャイルドアカデミーの事例

反省するのは、私は夫の会社で四六時中働いていたので、自分の子どもたちとは一分一秒たりとも遊んでやることも散歩に出かける時間も作れなかった。三、四歳の頃から、レコードプレーヤーを与え、毎月送られるDのレコードも自分たちで操作させ、一緒に聞くことすら無かった。童謡を一緒に歌うことも皆無だった。絵本も買い与えるだけだった。

それどころか下の子が生まれてからは、その面倒は上の子たちに見てもらっていた。

今、他の子どもたちに絵本や紙芝居を読んで聞かせ、リトミックなど一緒に踊り、童謡も一緒に口ずさんでいる。U教育に巡り会う以前は叱って育てていたくせに、お母さんたちには叱らない教育を説いている。我が子たちには申し訳なさでいっぱいだ。いくらかでもお詫びがてら孫たちには教室に通ってもらっていた。

U教育を立ち上げる時に、次女のお腹には新しい命が芽生えていた。その子にU教育を施《ほどこ》すことにより、U教育の素晴らしさが証明されていた。

U教育は繰り返しプログラムを進めていくうちに記憶力、高い学習能力、絶対音感、ヒーリング能力、見えないものが見えるESP能力、イメージ脳になりどんなこともこなせるようになる。それだけでなく運動能力も芽生えスポーツ抜群になる。

事例を二、三紹介

ある幼稚園児は、温泉などでくじ引きなどがある場合、自分の欲しいものを当てることができ、また、その子の妹の欲しいものも当てることができるのだそうだ（見えないものを見る力　ESP能力）。

U教育プログラムにより絶対音感の能力も磨かれる。

三人兄弟である一番下の男の子は中学生のお姉ちゃんたちが流行りの音楽などを聴

いていると一回聴いただけで口ずさむことができた。お姉ちゃんたちはその能力を羨ましく思ったという。

また、R法人会の役員会が隣のH市で開催された時に、私がU教育を行っていると自己紹介をしたとき、その主催者は友だちのお子さんもU教育を受けていて、その子は友だちもできなく、学校にも行きたくない状態で登校拒否寸前のところ、U教育と出会い、今は学校生活を楽しんでいるとのことだった。

全国のU教育の先生たちは素晴らしい方がたくさんいるので、ちなみに「どこの教室ですか?」と聞いてみた。そうしたら、その子の自宅は私の教室の隣のF市だそうだ。「えっ⁉ 隣の市なら私の教室の管轄《かんかつ》だ。名前は」と聞いたら紛《まぎ》れもなく、うちの教室に通っている生徒だった。私はそのことは親御さんから聞いていなかった。

その子は勉強が大好きな一人っ子で、核家族での生活でお母さんはM市の会社で重要なポストに付いていることもあり、朝は始発の新幹線で出勤し、帰りもかなり遅いとのこと。お父さんも自営業でやはり帰りも遅いらしい。

そんな時は勉強して待っているとのことだ。成績も良く勉強が唯一の友だちと言っても良いくらいの子だった。チャイルドアカデミーに通っているうちに自信がついたのだ。だからこそ中高一貫校にも入学できた。

ある時にその子のお母さんが珍しく十日ほどの休みが取れそうなので海外旅行に行くことにした。

小学生コースは子どもたちだけのレッスンなので、その間に旅行会社に申し込みに行くという。その行き先を聞いたら治安が良くて、わりと近いところの外国だった。常日頃、その子はファッションに興味があり、フランスに行きたいと言っていたので、そのことを話し、治安は良くないかもしれないけれどフランス行きを提案した。

後から「夢を叶えてあげることができて行って良かった」と言われた。

ジュニアスコースは六年生の卒業をもって修了する。あと半年というところで、その子は「教室を辞めて自分で中高一貫校の受験勉強をしたい」と言った。U教育を気に入っていたお母さんは卒業まで受けさせたかった。しかし、優秀なその子は何人か組んでのレッスンの内容に不満があったと思う。U教育のモットーである自学自習がきちんとできているこの子にとっては、時間がもったいなかったのかもしれない。私はこの子の意見に賛同し、辞めていただいた。

その子は見事I市の中高一貫校に入学し、週に一度のヒップホップの仲間と楽しくストレスも解消し過ごしている。

中高一貫校ともなれば、勉強が主体となり、友人との関係も限られてくる。この子のように週に一度のダンスの仲間との交流だけで充分だと思う。


胎教から受けていた孫（次女の子）は幼稚園に途中入園して間もない四歳頃に、すぐにクラス全員の顔とフルネームを覚えて先生を驚かしていた。

ベビースイミングに通ったこともありスポーツ全般優秀な成績だった。

高校受験になり、たくさんの高校の体験入学に行き、本人が希望したのはM市にある五年制の看護師の国家資格の取れる高校だった。「普通高校に行ったとして、私は何をすれば良いの？」とのことだった。

今では食事や買い物などどんなところにも出かける時は教科書やドリルを持ち歩き、いつでもどこでも、遠くに行く時は車の中でも勉強していた。この子の母は離婚して女の手一つで三人の子を育てていることもあり、運動部に属すると親に遠征先についてに行ってもらわなければならないため、遠慮して華道部に在籍していた。

私は教育者には珍しく、青いアイシャドーをつけている。私の目は細く、ただ線を引いただけのこけしの目みたいだと言われていた。その目を少しでも大きく見せたいがゆえの苦肉の策である。「どうして先生の目、青いの?」と聞かれたときは、「これではまずいかな?」と思って、ブラウンのアイシャドーにした。しかし、顔が暗くなる。やっぱり青いアイシャドーに変えた。「どうして……?」と聞かれたら、目をパチパチさせて「可愛い?」と聞いたら(なんだ先生は可愛いと思ってやっているのかと思ったらしく)何も言わなくなった。

子どもは疑問を口にし、シンプルに納得する。

ある時、四歳児のレッスン中に私の前歯を見て「先生、虫歯があるよ」と口にした子がいた。年齢のせいもあるのか前の歯が少し黒くなっていた。私自身も事実それに気が付いていて、どうしたら白くなるだろうと悩んでいた。

「困ったな!」と思い、「先生は今、鏡を持っていないし、見ることができないから気が付かないふりをしてくれる?」と頼んだら、その四歳児は「いいよ!」と言って、それ以来、そのことには触れなくなった。この子とは大人の付き合いができそうだ。

もちろん、すぐに歯科医に頼んで白い歯に刺し替えてもらった。

R法人会への復帰

ある人から電話をいただいた。

「以前、R法人会の役員をやっていたよね。私、朝のセミナーに参加したいんだけど……」

という内容だった。それを聞いてこのセミナーに参加している友人に連絡した。

「別に参加してもいいんじゃないの」

というのが、その返事だった。私が参加していた頃は朝のセミナーに参加してくれる人は願ってもないので大歓迎だった。

その人がつまらない思いをしてはならないと一緒に参加することにした。やっぱり私はR法人会が好きだ。その次の週からまた通い始めた。

夫にR法人会にまた通うことを告げたら「じゃあ、自分の事業所で入ったら……」とのことだった。R法人会は月一万円で入会できる。そして朝礼で使うと良い冊子が三十部届く。その頃、夫の会社は社員、アルバイト、パートを含めると百人近くになっていた。

それまで本社と南工場の二社入会していたが、その冊子は足りなかった。それではと「チャイルドアカデミーK教室」の代表ということで入会することにした。お金は私の口座から差し引かれるが冊子は夫の会社で使っている。

四つの宝物　子どもたちのこと

長女

長女には、いろいろ助けてもらった。

子どもが生まれても夫は名前がなかなか考えつかないでいた。当時、夫の妹のところは二人の男の子がいて、もう女の子は望めないが、女の子が生まれることを想定して名前を用意していたので、その名前をもらった。

兄弟がほしいと思っていたが、まさか、すぐにできるとは思っていなかった。

年子でまた女の子が一年と四か月半後に生まれた。

長女はすぐにお姉さんの本領を発揮した。

後で考えるのは、私は自分の子をいつまでも赤ちゃんとしては育てていなかったのかもしれない。

次女が生まれてから実家に帰って育てていたが、一歳半でもうすでに洋服を着ることができて、一人で靴を履き、家の周りを散歩していた。何でも一人でできた。

妹がベビーバスで沐浴しているのを見て、自分にやらせてくれとせがんだ。まさか一歳の子に手伝わせるわけにはいかず、毎回泣かせて断念させていた。

気がつくと「妹のオムツを替えてあげる」と言って（真冬なのに）裸にしていたり、なんだかピチャピチャ口を動かしているなと思ったら、自分が食べて美味しかったのか、生まれたばかりの妹にお菓子を食べさせていた。

その頃から、ずいぶん私はこの子を叱って育てていたと思う。

妹が大きくなると新たなケンカのタネができた。

お人形では飽《あ》きたらず、妹の髪を結びたがった。妹は自分でやると言い出す。それを何とかして、やらせてもらおうと毎回トラブルが起きる。最後は妹は仕方がないと王女さまのように威張《いば》ってやらせてあげていた。長女は涙ながらに「ありがとう」とせっせと髪を結んであげる。すったもんだの挙げ句一件落着。それが毎日となり、放って置けば良いのに叱る原因になっていた。

そんなことがずっと続いた。それが思わぬことで解決することになる。

長女は小学四年生になりバスケットボールのスポーツ少年団（スポ少）に入った。生まれてこのかたずっと誰に対しても面倒見が良かったので、仲間の面倒も見るらしくみんなに慕われていた。

次女も次の年、同じスポ少に入ったら何とみんなに姉が慕ってもらって人気があるのがわかった。今まで召使のようにしていた姉がこんなに人気者だとは尊敬せずにはいられなかったようだ。それ以来、ずっと仲良しでいてくれた。

長女に対してはもう一つ申し訳ないことがある。

バッグなど同じものを買う時に、誰のものかすぐわかるように色違いで買うことがあり、妹は赤とかピンクとか女の子っぽい色を先に選ぶ。

長女はいつも青とか黄色になってしまう。それを当たり前としてきた。もうすでに三十年以上経ってから、「あの時は赤とかピンクが欲しかった」とやっと私に言うことができた。私はどうして同じ色を買ってあげなかったのだろう。その上で何か目印になるようなものを付けてあげれば良かったのにと思ったが、すでに取り返しがつかなかった。

中学生になり、私はいよいよ忙しく、今度はPTAの役員が回ってきた。ある時に役員会があり、職員室の側《そば》の玄関に入ろうとした時、近くにいた十数人の男子生徒が一列に並んだ。「いらっしゃいませ！」だったか「こんにちは！」だったか、一斉に挨拶してくれた。役員全員にそうしているのかと思ったら、そうでもなかった。

私は我が家にどんな子が遊びに来ているか把握していなかった。

ある時に（我が家は会社の道路を隔《へだ》てた向かい側にある）従業員の一人が遊びに来た男の子がベランダでタバコを吸っていると血相変えて言いにきたことがある。

その頃には叱らないと誓った下の子も生まれ、私は（良く言えば）子どもたちの自主性を重んじているので、その場では注意せず、後から長女に聞いてみた。長女は優秀と言われている子とも、また、そうでない子とも仲良くしていた。多分、そのタバコを吸っていた男の子は長女からそのことを聞いたのだと思う。そして、出入り禁止としなかったことを有難く思ったのだろう。

その一斉に並んで挨拶してくれた中に親分格のその男の子も混じっていたらしい。そういう子どもは一般的には悪い子どもと思われがちだが、自分の意見を持っている場合が多く、大人になってから大成する人が多い。また、いろんなところで助けてくれることもある。

長女は高校は進学校を選んだ。高校は学業を優先することから生活の貧しい家庭以外アルバイトは許されていなかった。我が家は経済的に余裕ができていたが、長女は自分で探して宅配Y社のアルバイトをすることにした。私も高校生の時に頼まれて近所のラーメン屋の手伝いをした。そこのご主人がいない時でも一人でラーメンを作ってお客さんに出していた経験があるので、若い内から働くのは悪くないと思っていた。

長女は学校の始まる前の早朝に家を出て、ひと仕事し、放課後のバスケットボールのクラブ活動をしてから、またアルバイトをしてから帰宅し、それから勉強していた。冬も雪をかき分け、自転車で朝早くから出かけていた。

自分で決めたこととは言いながらよく続いたものだ。

東京のG大学を目指していた。高校の先生には、無理なので別の大学を受けるように言われた。私はその先生に「妥協して別の大学に受かったとしても意味がない。この娘にとっては、無理でもG大学を受ける意味がある」と食って掛かり、推薦を取り付けたが落ちてしまった。

その時にS市に下宿をしながら、毎日下宿先から自転車で一時間あまりの予備校に通った。その次の年に合格して都会のK市の教育大学生となった。

大学に通い始めの頃は慣れるまでアルバイトはしないようにと言っておいたが、学校の友人がDランドでのアルバイトの面接を受けると言うので一緒に受けてみたという。体育会系の長女は大学生になっても化粧っ気もなく、Dランドの条件に合っていたらしく採用された。

Dランドのショーのあるレストランに配属され、並んでも入れないこともあるレストランに、アルバイトの権限で並ぶことなく、招待されたこともあった。

Dランドには、二年余り勤めたような気がする。Dランドはほぼ大学生のアルバイトで運営されているとのことで、内部でのサークル活動も活発で、親しくなった友人が後年岩手のスキー場に訪れ、我が家を宿に出かけていくことも多かった。

大学卒業後一年間、教授の手伝いで残ったが、次の年から地元に戻り、なかなか採用されない中、小学校の講師として一年ずつ四つの小学校を回って、主に学業支援の講師をして過ごした。

講師は四年を区切りとしていたので父親の秘書として我が社に入ったが、楽しそうに雑用を一手に引き受けてやっている。

長女が入ったとき、私は夫の会社を辞めていた。長女は私を当てにしていろいろ教えて欲しかったらしいが、全部一人でやるように突っぱねた。私が教えたなら、仕事のできる私は事務仕事などやったことのない娘の仕事ぶりに不満を持つだろう。「何度教えたらわかるの」などの暴言も浴びせることになる。

私も誰にも教えられることなく、全部自分で試行錯誤をして会得した。私が会社にいるのならともかく、辞めた存在である。その私から得るものなどない。試練だったと思う。でも、自分で切り開いたのであれば後年、宝（自信）となる。

十一歳下の後継者となる弟が会社に入ってからは二人して相談しながら、若い社員を育て、どちらかが一人でやるよりお互いを頼りにして、スムーズに運営ができているようにみえる。

社員とともに飲み会などに弟と一緒に参加していたが、よく兄弟（姉弟）で仲良く出かけるなどと不思議がられた。夫も会社全体での飲み会は別として弟と飲み会に行くことはなかった。

長女は中学生の時から付き合っていた彼と三十歳を過ぎてからやっと結婚し、男の子を一人だけ儲けた。

長女が入社したきっかけは、私は辞めていたので明らかではない。夫の会社に入った後で学校の講師を続けてもらいたかったと言われることもあり、仕事がきつくなると、あの時講師の仕事を続けていたらと思うこともあるらしい。

次女

次女は高校卒業後、自分で決めて北国のB市の三年制の保育専門学校に行った。なかなかB市の娘のところには行けないのでR法人会の仲間の友人Uさんに託した。私は自分が忙しいこともあり、家にいる時でさえ、ほとんど部屋の掃除もしてあげることなく、本人に任せていた。

慣れないB市での生活もあり、学業とアルバイトの両立は大変だったかと思う。借りていた部屋の掃除もままならない生活だったと思う。ある日、そのUさんが私から頼まれていたこともあり、急に部屋を訪ねた時にあまりの乱雑さにびっくりしたという。

私も家の片付けは苦手でたまに掃除をしていると子どもたちから「誰か来るの?」と聞かれたりしていた。子どもたちの家庭訪問など誰か来るときには徹底して片付けるのだが、普段は生活に困らない程度に汚れていた。

次女はB市で運転免許を取ることになった。その分は出してあげると言ったら、それならアルバイトで稼いでいるので自動二輪(バイク)の免許も併用して取りたいと言う。

「あら! そう!」と言うと危険だから反対されると思ったということだ。

教習所には、朝ごはんを食べなかったり、パンをかじって行ったりもした。そのとき、重たいバイクは私に似て小柄な娘の力では倒れた時に起こせなかったという。バイクの練習の時はしっかり朝ごはんを食べることが必要だということだ。

保育専門学校を卒業後、地元に帰って来て幼稚園の臨時で雇われたが、その幼稚園では、専門学校で学んだことは役に立つことはなかったという。前年度と同じことをするのが通例となっていて、一向に新しいことなど取り入れようともしなかった。ある意味、夢が破れかけていた。

その次女は、夫の会社で行われた懇親会に参加して一人の男性社員に出会った。私はそのことに気付かなかった。結婚することになり、その社員のことを紹介されたとき、猛反対した。とても良い社員とは言い難い、どちらかと言えば会社に迷惑をかける社員だった。でも、その時には新しい命が宿っていて、結婚を辞めさせることはできなかった。

やはり家庭はうまく行ってはいなかったが、二人、三人と子どもは生まれ、三人目が生まれた頃には破局していた。

三人目の子どもはほとんど父親に抱かれたこともないと思う。離婚してからのこの娘たちの生活は私たち親の肩にずっしりとのしかかってきた。

娘は保育の仕事を諦めて介護の仕事に就いた。土日もなく働き通した。

今は高齢者のリハビリの仕事に就いて、土曜日は午前中だけ、日曜日と祝祭日は休みの会社に落ち着いた。この娘も手に職を付けることで将来生活が楽になりたいと資格を取るために勉強することが日課となっている。そんな後ろ姿を見て孫たちも勉強道具を持ち歩いているような気がする。

その成果が報われて社会福祉士の国家試験に合格した。

入社した時は、その事業所で自分が一番の年上で、年下の上司が多い中、努力した結果、今では管理者という一番上の立場になった。

常にこの事業所をどうしたら良いのかを頼まれもしないのに、一生懸命考えて提案をしているらしい。

長男

女、女と年子で生まれ、鉄工所を経営しているので後継ぎが欲しいのではと今までの食生活の改善やいろいろなことを取り入れて産み分けに挑《いど》んだ。

その結果、誕生した長男である。上の女の子たちは「お父さん、お父さん」と言って（怒ってばかりいる）私には甘えてこなかった。

正直、母親って何とつまらないものかと思っていた。ところが本能なのか男の子は別格で、夫の跡継ぎが欲しいのではないかと思って作った子が私に母親としての喜びを与えてくれた。

私はありとあらゆることをして産み分けたと思っていたが、後のU教育では、イメージしたことはイメージした通りになるという。もちろん、努力したことは無駄ではないが、私がそうなれば良いと思ったことが実現したまでのようだ。

この子が生まれた時に努力したことは報われるのだと確信した。

それからの私は自信を持って物事に当たることができた。しかしこの子は、顔も女の子みたいで、外遊びが苦手な子に育ってしまった。この子を何とかして男の子らしく育てなければ、といつも考えていた。

やはり男の子なのだ。車が大好きで車の絵本ばかり見ていた。車に乗せて走っている時など、トラックを見つけると「オオーッ」と言っていた。私たちも面白がって、「オオーッ」と叫んでいた。

ところが絵本を見ながら「トラックは？」と聞いても首をかしげるだけで「オオーは？」と聞いた時は得意気にトラックを指差すのだった。私たちはこの子にちゃんとした名前を教えてあげなければと気付かされた。

また、ある時、車の絵の付いた靴下を買ってあげたことがあった。お客さんが来て応対をしている隙に見事に車だけハサミで切ってしまっていた。広告などいつも切ったり、貼ったりしていたのでその延長らしい。

この子を連れて友だちのところに遊びに行くといつも「具合が悪いの?」と言われた。

ミニカーを走らせながら、這いつくばって目の高さで見ているのだった。

小学校に上がる前には音楽教室に行かせた。そのコンサートのビデオはお気に入りのようだった。

高校受験の時には、競争率が高い情報処理科を受験したいので、珍しく塾に行かせてくれと頼んできた。

その頃の我が家の家計はかなり良くなっていたが、長女は四年制の私立の教育大学、次女は三年制の保育専門学校、そしてこの子は私立高校を目指したのでこの頃の出費は大変なものだった。

長男にとって、幼い頃の音楽教室、情報処理科に行けたことは、後のコンピュータを駆使《くし》する演奏や作曲の仕事にかなり役立ったのではないかと思う。

高校を卒業後、東京の二年制の音楽の専門学校に行かせて欲しいと言われた。私は長男で後継ぎだということもあり「では二年だけ」と承諾した。

もうじき二年が過ぎようとしているときに帰ってきて、私が仕事で手間取っている間に夫に「もう何年か、音楽の学校に行かせて欲しい」とねだっていた。跡取りだということも忘れたのか、断ることができない夫はOKを出したらしい。

「二年だけって言ったよね」

夫がOKを出した後だったので、「家からの仕送りなしでアルバイトだけでやれるのであれば、続けても良い」と条件をつけた。

生活ができなくて、早々諦めて帰ってくるだろうとの目論《もくろ》みははずれた。叱って育てた子だったが、へこたれず今に至っている。

セミプロのバントを組んで地元に凱旋《がいせん》演奏に来たり、著名なN・TやS・Sのバックで全国をツアーしたり、貧しくても楽しく都会で生活をしている。

その長男は、バンド仲間の彼女を見つけ、結婚し一人の男の子を儲けた。一般には付き合ってはダメな男性職業のバンドマンの息子に嫁いでくれた彼女には御の字である。

結婚式をここK市で挙げることになり、都会育ちの嫁に感動してもらえるような式にしたいと思った。籍を入れて暮らし始めていた彼女がK市に来た時に観光案内をした。

その車中で「ここには『花嫁道中』という、大勢の見物客がいる中、昔の花嫁衣裳を着て、観光地をねり歩く行事があるけど参加してみない？」と聞いてみた。

彼女は「私で良いのかしら」と受けてくれた。美人でバンドのヴォーカルをやっていただけにみんなに見られるのは嫌じゃないらしい。

もちろん、誰もがその『花嫁道中』の主役となれる訳ではない。希望者が多いと抽選になるとのことだった。私はその『花嫁道中』に立候補したいことをありとあらゆる人にアピールした。R法人会の仲間である議員の方にも「どうかよろしく」と頼み込んだ。果たして、その年は市の財政的に無理かもしれないと開催が危ぶまれたが、こちらの要請を組んで一般の募集をしないことで抜擢《ばってき》された。その開催日はなかなか決まらなかった。その開催日に合わせて結婚式場を予約しようと考えていた。ところが、都会の結婚式は身内だけでの少人数が主流であったため、彼女の両親は家族だけの結婚式を希望していた。

また、和服やかつらをつけての結婚式は想像できなかったらしい。

長年会社を経営し、その長男の結婚式を挙げようとするこちら側とは、真っ向から対立した。何度も話し合いが行われ、仕方無く、折れてもらった。

日程が決まり、バタバタと『花嫁道中』と結婚式のプログラムができてきた。弟が先に結婚していたので、弟と同じような結婚式にしたいとも思った。

結果、当日は見事な晴天で沿道の見物の人たちに手を振る彼女はとても美しく、ご両親にも喜んでいただけるような『花嫁道中』と結婚式になった。

披露宴でお気に入りのカクテルドレスに身を包んでの新婦が歌った歌は今も心に焼き付いている。

次男

三番目の子の妊娠のときに食生活が変わった私は調子も良く、その後も続けていたので、次に生まれるとしても男の子だろうなと思っていた。しかし、四人目を作ろうと決断したのは長男が生まれて七年も経っていた。世間では、間違ってできた子と判断されかねない。どうしたら良いかと考えあぐねて産み分けに成功したこともあり、今度は誕生日を設定しようと決めた。ハネムーンベビーだった長女と同じ日にしようと思った。

イメージしたことは実現する。これもイメージした通りになった。

この子が生まれた時、長女は十一歳、次女が十歳になっていて、何でも手伝ってくれていた。お腹の大きい私と買い物へ行ったときは二人して全部持ってくれたので、いつも私は手ぶらで良かった。

次男が生まれて間もないころ、産婦人科で子どもたちがオムツを替えようと開いた時にピューとおしっこが出た。後から気づいたのだが、へその緒のガーゼにおしっこがかかってしまったらしく、次男は高熱を出した。敗血症と診断され、大きな病院へ転院された。

生まれたばかりの次男が転院したこともあり、私は何もすることがなく寝てばかりいたので身体の回復が早く、通常より一日早い退院にはなったが、この子はなかなか退院できず、おっぱいを搾《しぼ》って凍らせて、夫や子どもたちに運んでもらった。心配して何度も病院へ電話をかけたり、様子を聞いたりして過ごしたが、それに反して夜も授乳などで起きることがない私はぐっすり眠れ、上の子たちよりも高齢で産んだにも関わらず、回復が早かった。

体調を見ながら入院している病院へ出向いた時に、保育器に入っている次男は四千グラム以上で生まれ、その後もめきめき大きくなっていたので、周りの保育器の未熟児と比べ、足が保育器の天井に届きそうな巨大児に思えた。

二か月の入院で回復して戻ってきたときには、通常の四か月くらいの重さの六キロになっていた。その後も重たく大きな子だったので、上の子たちは子守りが大変だった。

長男は「今度は僕の誕生日に合わせて女の子を作ってちょうだい（しかも、軽い）」とせがんだが、実現には至っていない。

この子は、U教育を施して、胎教の真似事をした子で叱らないと誓った子である。どんな子になるだろうと半分心配しながら育ててはいたが、意に反して誰からも好かれる素直な賢い子に育った。

大きなスーパーに買い物に行って、迷子になったかと思えば、（いくつも出入口があっても）入ってきた出入口の傍《そば》で遊んで待っている子だった。この子が三歳の時に花火大会で迷子になったが、何百台も停まっている駐車場の乗ってきた親戚の車を覚えていてそこで待っていた子である。小学一年生の時にはすでに何でも覚えていた。

一年生になって間もないある日、会社の電話が鳴り、隣の地区の人から「お宅の子でないか？　迷子になって泣いている」とのことだった。急いで駆けつけた時には、美味しそうにおやつをご馳走になっていた。なんでも友だちと一緒に帰ろうとして、いつもの角を通り過ぎてわからなくなったそうだ。

「名前も電話番号も住所も言えるでしょ」と言ったら「聞かれなかった」と言った。それからはヒッチハイクと称して、出会ったおじいさん、おばあさんの自転車の荷台に乗せられて帰ってくるのだった。

ある時は友だちとローラースケートで遠くまで行って、疲れたからと今度は軽トラックをヒッチハイクして、荷台に乗せてもらって帰ってきたりした。

次男は、幼い頃よりビデオを見るのが好きだった。その頃一週間借りるのが一本四百円くらいと高かったが、それこそ朝から晩まで何日も何回も続けて見ていたので、料金は勿体なくなかった。今でもセリフを覚えているという。繰り返すことによって、ますます右脳が磨かれていった。

長女が中学の頃、アメリカにホームステイに行った。その交換留学とのことで二人のアメリカ人の女の子が我が家にホームステイに来た。餅つきをしたり、浴衣をプレゼントして着せてあげたりした。その子たちと一番仲良しになったのも英語などしゃべれない四歳になったばかりの次男だった。

ことあろうか、その二人に当時流行っていた「カンチョー！」をやってのけた。両手を組んで人指し指を立て、お尻の穴めがけて突っ込む、二人のうら若きレディにである。

二人は怒るどころか、「アメリカに連れて帰りたい」と気に入られた。

小学五年生頃まで大きく太っていたので、学校から夏休みに食餌《しょくじ》療法で痩《や》せるようにと指示があった。その時に、ゲーム機で遊べるダンスゲームが流行っていた。子ども部屋のエアコンが壊れていたが、そのダンスのゲームを朝から晩まで暑い部屋の中で何日も何時間も踊って過ごした。その結果、見事にスマートになって、食餌療法をしなくても良かった。先生にも褒められるほどだった。

こんなこともあった。雨の日など学校へ迎えに行くと友だちを車に乗せることがあった。その子が降りるときに、その子に対してちょんちょんと肩を突き、私にお礼を言えと指示するのだった。私は「どういたしまして」と言い、息子に「あんたは乗せてもらった時に、ちゃんとお礼を言ってるの？」と聞くと「当たり前だろう！」とのことだ。きちんとお礼を言う子として親たちに人気があり、雨の日など私に用事があり迎えに行けないときは必ず友だちのお母さんに乗せてもらっていた。

中学生の頃からこの子も父親や兄の影響もあり、ロックバンドを組んでいた。バンドでは独学でドラムを演奏し、高校の時のアルバイト代は楽器購入に充《あ》てていた。

そんな中、高校を決めることになり、夫の仕事を手伝うのであれば五年制の高等専門学校に行った方が良いということになったが、それまであまり勉強してこなかったこともあり、塾通いはしたものの受かることはなかった。

本人は相当努力をしたにも関わらず、落ちてしまったショックのあまり、高校には行かないというのだった。中学生の時からあまり口出しをしないと決めていたが、高校だけは行って欲しいと頼み込み、男女共学になって名前が変わったばかりのN高校を受けさせた。

それまでかなり勉強したこともあり、一番成績の良いクラスに入れてもらったが、入学してからは勉強はほとんどしないこともあって、どんどん下のクラスに変更された。

時々「どう、高校生活は？」と聞くと「うん、まぁ」と帰ってくる返事に不満はなかった。

この子もアルバイトをしたがった。希望は飲食店であったが、当時、比較的長い髪をしていたのでどこにも採用されなかった。仕方がないので夫の鉄工所でアルバイトをすることになった。

夏休み、朝の八時から夜の八時まで働いた。もともと仕事は好きだったと思う。夜の八時に帰宅してから夜ごはんを食べた。その夏休みのバイトの給料はなんと手取り十六万円だった。ほとんどがドラムの楽器代に消えた。

夏休みが終わっても、毎日急いで帰って来ては我が社でバイトをした。今度は夕方の四時から八時までであったが、楽しそうに働いてくれた。

私は、夫の友人の会社で、息子さんが大学を卒業し、そのまま幹部になったが社員はなかなか認めないことをよく見聞きしていた。だから夫の後継者には高校を卒業してから同業者で修行してから、みんなと同じように新入社員としてゼロからのスタートをしてもらいたかった。

高校卒業後、自分で決めたC県にある大きな同業社で修行をすることになった。高校時代は毎日夜八時まで仕事をしていたので、残業を希望しても新入社員ということもあり受け入れられず、定時で帰らなければならなかった。時間を持て余していたらしい。

次男には飲食店で働きたいという希望があった。二年ほど同業者で修行したが、東京のS区のとんこつラーメンで有名なラーメン店が従業員を二名募集していることを聞きつけ、「面接に行っても良いか」と打診された。「君の笑顔には、叶わないなぁ」という二十六歳の店長の計らいで未経験ながら採用された。

「もうそろそろ帰っておいで」と言わなくても東日本大震災が起こり、家のことを心配してその年の七月には自ずから帰ってきてくれた。

もし、このまま飲食店で働いていたいと希望したらどうしようと思いつつ自分で選んだ道を自分で踏ん切りをつけて帰ってきてくれたことは何よりありがたいと思っている。

その月に夫の会社に中途入社したが、高校の時に好んで毎晩遅くまでアルバイトをしていたこともあり、社員は好意的に迎えてくれた。

中学、高校で次男の得意なことは、合唱大会と体育祭の応援合戦でクラスを優勝に導くことだった。誰に頼まれることなく、合唱大会では声を出していなかったり、音程がはずれたりする生徒を集め、練習させていた。

ある時、幼い頃ピアノを習わせていた姉に「ここのところがうまく演奏できない」と指導を仰いだが、ポロンポロンと引く姉に「それくらいなら俺もできる」とそれ以来頼まなかった。応援合戦でも一人ひとり声を出させて優勝に導くのだった。

それが新入社員の教育には役に立ち、中卒や未経験者に溶接のやり方などわかりやすく指導している。

地元に帰ってきて、まもなく同い年の彼女を見つけて結婚することになった。新居は彼女の実家のすぐ近くの中古住宅をリフォームしたものだった。あまりにも彼女の実家に近いこともあって、何事にも彼女の父親から叱咤《しった》激励が飛んだらしい。

三年後、彼女は体質改善をして玉のような男の子を出産したが、その頃、次男はその父親の指導がパワハラに思えて別れることになった。彼女からは「何とかしてほしい」と相談を受けたが、本人同士で解決して欲しいと言った。私は冷たい義母と化した。家庭裁判所で孫の親権が彼女に行き、養育費の金額も決まり、ひと月に一回その孫に会えることになった。それから二年が過ぎた。ひと月に一回、その孫に会えるのがとても楽しみになっていた。

そのうちに彼女とまた話し合いをしているとのことだった。その結果、復縁の話が出て、子どものことも考えて一緒に暮らすことになったという。子どもが生まれた当初は、嫁は子育てが心配で、次男に定時の五時で仕事を終わらせて帰ってきて、育児の手伝いをして欲しいなど要望も多かった。しかし、彼女はこの二年でいろいろ経験して、子どもも三歳になって手がかからなくなった。

この時には取締役になっていたこともあり、他の社員が帰るまで会社にいなければならなかったり、体型を考えて、仕事前や後にジムに行って遅くなることにも何も言わなくなったのだそうだ。

その時の夫の会社の顧問が「全部息子さんの意見に従って、文句もなにも言わない方が良い」と社長である夫や長年勤めている幹部に進言したとのことで、次男は仕事がやりやすくなり、将来の設計も自分で作っている。やっと部下も育ってきて、遅くまで会社にいなくとも良い状況になっている。

副社長として会社の目標も立て、それに邁進している。

ガンの宣告

十年以上前、夫は「ここが痛い、今度はここ」と胸や背中にチクリとした痛みを訴えるようになった。枇杷《びわ》の葉《は》療法が良いと聞き、東京の治療院まで足しげく出かけたり、取り寄せてお灸をしていた。

今度は私の作る食事が原因かと同級生の飲み屋さんに玄米を炊いてもらって、そこに行って食べ、私の作る食事は食べなくなった。

私は栄養士になりたかった。やはり、母親一人の働きでは専門の学校にも行くことができないので断念したが、食に関しては関心があり、玄米食ではなかったが、家の食事には気を配っていた。家の誰かが病気になれば、仕事に支障が出るので余計気をつけていたこともあり、家で食事をしなくなった夫には納得がいかなかった。

私のすることより、他の人の話を信じた。

ある時、仕事に関係のある設計士の奥さんが全財産を持って男と駆け落ちしたとかで、その人に「お前も気をつけろ」と言われ、冗談ではなく疑いの目で「大丈夫かと言われた」と私にそのことを言ったり、社員が私のやり方を悪く言っていたりすると、ご丁寧にそのまま言いに来る。腹も立つがずいぶん慣らされてきた。

しばらくして、夫の食事を作っていた同級生は大腸がんで亡くなった。夫のことより、ご自身のことに気をつければ良かったのに。

その後炊飯器を買って、自分で玄米ごはんを炊いて食べるようになっていた。そんな矢先、かかりつけの医院で胃カメラを飲んで、初期の胃がんが見つかった。いくら初期でも胃がんと宣告されたことは相当ショックみたいだった。近場の病院ではお見舞いに来る人も多いだろうと面倒くさがり、東京のT市にあるがんセンターに入院した。

胃の表面が少し傷ついたくらいだったので、内視鏡でがんの周りを丸く点々と穴を開け、それをはがすだけの簡単な手術だった。とても優秀な外科医から、取ったばかりの胃壁の標本を見せてもらった。私は詳しくはないが、胃潰瘍《いかいよう》程度のようだと思った。

十日間入院をして、ずいぶん回復した夫は、退院のために迎えに行った私に病院のレストランで「ビールを頼め」と言って患者衣のままコップで飲んでいたら、「入院患者は良くなったとしてもアルコールはダメ」と注意された。そこで、陶器の湯呑みにビールを移し替え、外からわからないのをいいことに、美味しそうに飲んでいた。よほど我慢をしていたのだろう。

この病院の窓からは魚市場の食堂がよく見える。ずっと飲みたかったらしく、退院の足で、魚市場に行ってワインやお酒を飲んでいたので心配は無いように思えた。

夫の入院のその後

私の友人に家族でお正月は温泉に行ったり、しょっちゅう旅行をしている人がいた。

夫の病気のこともあり、その次の年から毎年、家族旅行をすることにした。私たちには贅沢《ぜいたく》と思っていたが、悔いのない人生にしたかったので年に一度くらいは家族旅行をすることにした。孫たちも併せて総勢十二、三人になるのでお金がかかるが、積立金をくずして対応した。

鬼の攪乱《かくらん》

何度目かの家族旅行は孫たちも大きくなってきたので思いきってDランドでの年越しのカウントダウンに参加することになり、敷地内のホテルに二泊の予約をとることができた。長女の夫の運転で、夫の七人乗りの車で出かけた。

夜中に出たので朝東京に着いてからは近くのイベント会場で楽しみ、夕方ホテルに入った。

お腹の大きくなっていた嫁と次男は新幹線で駆け付けた。

長男夫婦と合流し、以前Dランドに来たときはお世話になったC県に住む夫の姉の家族も呼び寄せて楽しい夕食会を過ごした。

翌日は朝早くからDランドで楽しんだ。

ホテルに戻ってきたのは夜中の二時を過ぎていた。窓から初日の出を見ようとだいぶ早めに目が覚めてカメラを構えた。

一月一日は東京タワーを見学し、あちこち回って夕方、また娘婿の運転で帰路に就いた。

二日の朝は恒例の元朝《がんちょう》参りに孫たちを伴って、車で近くの稲荷神社まで出かけた。ところが三日の朝から起きられなくなった。普段あまり歩かないので三日間歩き通しだったので、よほど疲れたのか、それから四日間寝て過ごした。生まれて初めて寝込んでしまった。今までできるだけ病気もけがもしないように心がけてきた。

どうしても起きられなくて、結婚して初めて夫に「洗濯機から取り出したものを干してくれ」と頼んだ。外ではなく、サンルームに干すのだったが、よほど寒かったと見え「仮病をして、干させたのか」と言われた。

昔は、体調がすぐれないときは、栄養のあるものを食べると回復するように言われてきたが、何も口にしない方が早く回復することを教えてもらっていた。

無事体調を戻し、仕事にも復帰できた。金輪際、病気やけがはできないと思った。

還暦を祝う

普通お祝い事と言えば誰かに祝ってもらうのだが、そこが他の人と違う考えの私のこと。

還暦にはお世話になった方に集まってもらい日頃の感謝の集いをしたいと考えた。

厄払い会は誕生日前にやるのだが、還暦の祝いは誕生日後にやるのだという。

このお祝いを六十歳の誕生日の一か月後の日曜日に行うため、一年前に予約を入れた。

着るものは何にしようと思い、踊りを習っている関係もあり、夫曰く「腐るほどある」着物の中の一枚をリフォームしてドレスを作り、それを着たいと考えていた。

私は若い頃、手伝っていた母親の工場が暇になったときに半年ばかりミシンの会社に勤めたことがあったので他の人よりは少しミシンかけができる。子どもたちが幼い頃は、ピアノの発表会にお揃いのワンピースを作ったり、小物などはミシンで時々作ってはいたが、ドレスとなると一人ではできないと考えて洋裁を教えてくれる人を探した。

友人たちと食事に出かけた時に、先ごろ、M市でファッションショーを開催した先生が地元にいると教えられ、その方を紹介してもらうことにした。それもちょうど還暦祝いを予約した一年前のことだった。

そのZ洋裁教室では、先生に聞きながら好きなものを作って良いのだった。三か月くらい過ぎた頃、Z先生は「そろそろドレスの準備に取りかからなくては間に合わなくなる」と言う。それでは、どの着物にしようかと広げてみたものの、ほとんどの着物に思い入れがあり、ハサミを入れることはできなかった。タンスの中に、バーゲンの時に買ってあった反物があった。そのうちのサーモンピンクの反物にしようと思った。デザインは自分で考えた。ロングドレスになるので、裾の方に三角形にレースを入れることにした。カタログから似たような色具合の高級レースが見つかった。

「なかなか良い」

その時ふと「家族は何を着るのだろう」と思った。私ばかり素敵なドレスを着ては申し訳ないだろう。この際、家族にも作ってあげようとその分もデザインした。

長女とその息子には、お揃いで黒のレースを重ねた深緑の生地で、長女には黒のスカートに合わせたロングブラウス、その息子には同じ生地でベストを。

次女には、クリーム色のワンピース、胸にはパールのビーズをあしらった。十歳のその娘（孫）には、ふわふわした薄いグレーのシフォンの生地でワンピース。

夫とまだ独身の長男はアーティストということもあって、キラキラした素材のベスト、次男と結婚したばかりの嫁にはお揃いの生地で、次男にはベストと、スタイルの良い嫁には後ろがちょっぴり長いミニのワンピース。

友人二人にもドレスを作ってプレゼントした。一人はロングドレスにしたかったが、着なれないからとできあがってから裾から十五センチも短くした。

もう一人は画家で近々フランスで受賞されることが決まっていたので薄いグレーに日本人形が書かれていた反物がタンスに眠っていることを思い出し、袖を三角にして袖口に赤い布地を挟み込み、日本を意識したロングドレスをデザインにした。

全部で十一着ができあがった。


それと同時にせっかく素敵なロングドレスを作っても、ぶよぶよした身体では似合わないと思って女性専用のジムに通った。

それも一年前だったこともあり、真面目に通ったので、けっこう身体を絞ることができた。

還暦の会では、長男と次女が司会をしてくれて、チャイルドアカデミーの子どもたちからは《先生ありがとう》と書かれた横断幕をプレゼントされ、高校生になった生徒は、得意のマジックショーを披露してくれた。

その還暦の会で夫は自身の演歌歌手としてのデビューを飾った。歌手になるきっかけを作ったのは確かに私のようだが（夫の友人、知人を集めて行えば良いのになぜと言う疑問があったが）仕方がないので前向きに私の踊りの師匠に夫のデビュー曲の演歌に合わせて振り付けをお願いして踊ってもらった。

夫はそれまで目標もなく、騙されて借金してそれを返済するだけに働いてきた。自分のためにお金を使うことはなかったと思う。

CDを出すことになればその分の経費が必要になる。もしかしたら騙されることもなくなるかもしれない、と歌手になるお誘いが来た時に「良いんじゃないの」と賛成した。その誘った人には、普通の奥さんは経費がかかるので絶対反対すると驚かれた。

案の定、使い道があるので騙されることはなくなり、夫のCDは七枚にもなった。また、夫は社長という職業があるので、出演料などもらわなくても（お酒を飲ませてくれるだけで）良いと、いろいろなイベントに誘われていた。また、O市のラジオ局などにも出演し楽しんでいる。若い頃であれば社員にも反対されるかもしれないが、七十歳を過ぎているので大目に見てもらっている。

還暦のお祝いは総勢六十人以上のなごやかな会になり、「楽しかった」と語り継がれている。

母の納骨は地元の自然葬へ

平成三年に亡くなって二十四年間も母の遺骨は地元のお寺の納骨堂にお願いしていた。R法人会の百日実践でお墓参りをしようと思って百日間行ったのは、その納骨堂であった。

夫は大分前《だいぶ》よりそのお寺にお墓を建てたいと母の分と私たちの分を隣り合わせで申し込んでいた。

しかし、お墓を建てたら、お彼岸やお盆には、お墓参りのために草取りやお墓磨きをしなければならない。

私は草取りは苦手で、家の回りは夫が除草機で刈ってくれていた。

教室の周りは除草剤を撒いて対処していた。お墓の周りはそうはいかない。ましてや、草取りが得意でいつもきれいにしている人が隣の敷地だとプレッシャーかつストレスになるだろう。

私たちが亡くなった後は子どもたちにそれをやってもらわなければならない。夫の親戚からは、「いつまで納骨堂に頼んでおくのだ、早く墓を建ててやれ」と言われ続けていた。そんな時にR法人会の知り合いが、自然葬である樹木葬の地をオープンさせようとしていた。

その予定地に連れて行ってもらった時に、その風光明媚で将来こうなるとの見通しを聞いてここならと決断した。

その地は、お彼岸の時に、地場が最高潮に達するパワースポットの遺跡のすぐそばにある。

お彼岸の時はここに立ち寄り、心身の浄化をしようとも考えた。

その自然葬ができあがる前に予約した。

一人用、夫婦用（二人）がある中で家族用（五人）を申し込んだ。

最後の五人目が亡くなってから三十三年間供養してくれるとのことだった。

それもお墓を建てる金額より格安で、草取りやお墓磨きも自分たちでしなくてもきちんと管理されていてお墓参りをしてもしなくてもよいというものだった。

その地が完成して、一番最初に納骨することになり、今まで頼んでいたお寺で拝んでいただいた後に、その和尚さんに出向いていていただいて、家族揃って納骨をした。

私たちが亡くなった後は同じように埋葬して欲しいと思って子どもや孫たちに参列してもらった。係りの人が直径三十センチくらいの丸い穴を開け、芝生を取り除き、骨を埋めるための穴を掘る。その中に土に還る袋に骨を入れて埋め込む。二十四年も納骨堂に納めていた骨は陶器に入れていたこともあって、傷んでいることもなく、そのままだった。埋めた後は上に丸く切った芝生を乗せるだけだった。

お盆には合同慰霊祭が行われ、和尚さんの読経の後、代わる代わるお線香をあげ、地域の若者の念仏剣舞《けんばい》による供養もしてもらえる。

私はその後もその合同慰霊祭には子どもや孫たちに声をかけ、都合が良ければ参列してもらって一緒に拝むことにしている。

マンション購入

夫は雪かきや草刈りが半分嫌になったらしく「いずれマンションに住もう」と言っていたが、私は今の住まいが居心地よく、雪かきも草刈りもしていないこともあり「マンションになんか住まない。一生ここにいる」と思っていた。ところが後継ぎの息子が工場の向かいにあるがゆえに便利なので、それまで住んでいた自宅をいずれ事務所にしたいと思っていることを聞いた。

折しも映画館の大きな画面に映し出されていたマンションのCMを観ていた。「マンションに住んで残りの人生を過ごすのも悪くない」とマンション派の夫と一緒にモデルルームのオープン初日の説明会に出向いた。そのマンションはずいぶん狭いが、今の家の設備と匹敵するものがたくさんあった。夫の希望通りの階にすぐに契約をすることにした。

手付金として購入額の二十パーセントをすぐに支払う必要があった。それは長年かけていた夫の積立金を清算して充てることができた。また、新しいマンションなので、住宅を建てるのと同じように備品は別購入であった。

その分は私の積み立て金から充当できた。

私たちは今後どのくらい、そのマンションに住めるだろうか。それを銀行などから借りて現金で購入したことにより、子どもたちに遺産相続の争いは起こらないだろうかと考えて、夫の会社を継いでくれている次男との連名で買うことにし、三十五年の住宅ローンを組んだ。その方が十年ほどの住宅控除があるという。私たちは生命保険に入っているので、亡くなった時にそれで残債を支払えば良い。また、息子はそこに住まなくても貸しても良いだろう、といろいろ考えて完成を待った。

朝のルーティーン

最近は年齢のせいか目覚ましがなくても朝早く目が覚めるようになってきた。目が覚めるとさっと起きる習慣がある。

さっと起きて、ベッドの縁に腰掛け「ありがとうございます。今日も（無事）起きられました。今日も一日よろしくお願いいたします」と手を合わせてから立ち上がる。トイレに行き、今度は居間のガラス戸を明け、深呼吸をして新鮮な空気を取り込み、今度は空に向かって「今日も一日よろしくお願いいたします」と手を合わせる。

それから歯を磨く。ずっと以前になるが、風邪をひいて紹介された隣町の医院に行った時に（オカルトチックではあるが、私は嫌いではない）波動を計る機械のついている椅子に座らせられた時に、前にある机の上に置いてある本の背表紙が見えた。その本の背表紙には、

【朝一番の歯磨きはあらゆる病気を予防する】

と書いてあった（その本を読んだわけではなかったが）。「なるほど」と思い、翌朝から朝一番の歯磨きを欠かさなかった。そのこともあってか、何年も風邪一つひかなくなった。後日、その本を読んでわかったことだが、身体のバイ菌は前の日に口から身体に入ったとしても翌朝、口の中に上がってきているそうだ。それをそのままにして水などを飲んだり、食事をしたら身体の中に戻すことになり、バイ菌に侵されると。

歯みがきの後は、本を読んだり、携帯を見たりして、六時二十分にセットしていたアラームが鳴るまで過ごす。六時二十五分からのテレビ体操が終わってからは、朝の情報番組に興じる。その間にトイレに行きたいサインが出る。私の出す量はなかなかのものだ。

七時過ぎに風呂を沸かして、さっと入る。カラスの行水のように早く上がってしまうので、お風呂の中で全身のマッサージをして時間をつぶす。

服を着て、髪を洗った時はドライヤーで乾かす。この時に誰にも褒められなくなったので、髪に（頭に）手を当てて、「いつも頑張っているねぇ」と自分を褒めながら乾かせば良いと友だちには勧めている。

いつからかコーヒーは朝だけと決めている。コーヒーは、身体を冷やすとのこと。その一杯の後はお店に行ったときもできるだけ紅茶（身体を温めること）にしている。

R法人会の勉強会で、ある講師は新入社員に宿題の「母親の足を洗ってあげなさい」という使命を課すという。ほとんどの社員は、その母親のゴツゴツして荒れた足を見て、こんなに苦労をさせて申し訳なかったと反省するというストーリーであるが、もし私の息子が私の足を洗っても、手入れの行き届いたカカトを見て「なんだ苦労していないな」と思うだろう。

T稲荷神社

整形外科の理学療法士のA先生に教えてもらった、千本鳥居のあるT稲荷神社に友だちを誘って行ってきた。Ｋ市から朝七時半の新幹線に乗り九時過ぎにはＭ駅に着いた。

車の運転は大好きなので、前もって頼んでおいた、私のいつも乗っている車種と同じレンタカーを借り、一路Ｔ稲荷神社に向かった。予定通り十時過ぎに到着。十ばかりあるお社《やしろ》にお参りしてから、千本鳥居に向かった。

春真っ盛り。目を見張るばかりの緑の濃さ。小川の睡蓮《すいれん》と紫陽花《あじさい》の花が緑をバックに朱の鳥居にマッチして素晴らしい景色だった。その頃、末尾が９のお金は財布に入れておくとお金が集まることをあるテレビ番組で知った。ＡＴＭでお金を下ろした時とか、お釣りをもらったときには必ずチェックして、へそくり用のポーチにはいつしか末尾９のお札がたまっていた。何枚かの末尾９の千円札を数枚持っていった。

そのいくつもの小さいお社にはたくさんのお賽銭が集まるように末尾が９の千円札を入れ込んだ。

ここに来たのは、ある漫画本を読んで、そのことをＡ先生に話したら、このＴ稲荷神社を教えてもらった。

私は前の年に京都の伏見稲荷に行っていたが、A先生に教えてもらったT稲荷神社をネットで検索したら水の流れと緑の間に小さな朱の鳥居がたくさんあり、伏見稲荷（前の年は猛暑の夏に行ったので、途中でリタイアしてカフェに逃げ込んだ経緯がある）の頂上には行けなかったので、ここは短時間で全部お参りできると思って、すぐに旅行会社に申し込んだ。折しもコロナ禍で政府からの十万円の給付金が届いていた。

その漫画本の主人公は三十四歳の旅行代理店に勤める男性で、友達と神社に行った時に、きつねさんが現れて、その人のお爺さんが信心深く、商売上手だったことを教えてもらい、「今の仕事で満足か？」と問われ、やりたいことを諦めていたことを思い出した。

そのきつねさんが言う。

「『頑張らなくても余裕で楽勝でできること』が才能であり、それはお金に代えられる」

主人公がそれに気づくことになって起業し、楽しく充実した生活を送ることになったという物語である。

その頃、私はあと三年で七十歳になり、チャイルドアカデミーを始めて二十年になる。夫の会社にも約二十年勤続して、七十歳になっても二十年続けられるもの（頑張らなくても余裕で楽勝でできること）はなんだろうと考えて、その二十年は今までの経験を活かして若者の応援に全国を講演活動をして回りたいと考えついた。

その講演活動をするためには家内安全、身体健康が最優先で（家の中がゴタゴタしていたり、健康に問題があったらできない）心願成就はその次かもしれない。

神社などでお願いばかりをしてはダメだという。まず自己紹介をして日頃の感謝をする。そして、私はこうしますという誓いをするそうだ。

T稲荷神社では、「えい！」と末尾9の一万円を一番上の社（古いきつねさんがたくさん祀られている場所）の賽銭受けに押し込んで誓いを立てた。

私は家内安全に努め、身体健康に心がけ、二十年間講演活動をするという約束をした。叶った暁には、T稲荷神社に朱の鳥居を奉納することにしよう。

その時のままで年を取りたい私は「不老不死温泉」にも入ることができた。「不老不死温泉」に行く前に観音神社を見かけ、帰りに寄ることにした。私は蛇年生まれで、大金持ちにはなれないが、小金持ちとして欲しいものが買える金額が舞い込むということはわかっていた。であれば使わないという手はないと。

R法人会では二宮尊徳の「たらいの水の教え」が知られている。自分のために丸いたらいの水をかき寄せると左右から逃げる。反対に向こうに押しやれば、左右から舞い込む。使う分だけ入るとしたら、大いに他人に施して、その分をまたいただけば良い。その観音神社には小金ではなく「黄金《こがね》持ち」と記してあった。私はどうやら「打ち出の小槌」を持っているらしい。

その旅行には、もう一つの楽しみがあった。死ぬまでに訪れたいホテルであるHリゾートがその県には三つあり、T稲荷神社にもHリゾートが近いことがわかりここを予約することができた。

そのホテルに泊まりたいという夢が実現した。
予想通りの素敵なホテルで、スタッフは若い人が多く親切にしていただいた。おもてなしもお料理も最高だった。そのホテルを後にしたとき、次は北海道のHリゾートに行こうと思った。

うまくいく　馬九行く

私はある時から馬が九頭走っている（うまくいく）というものを探していた。前の年に新幹線が開通したので、夫と共に函館に行った折、K記念館で大きな【夢】と書かれた下に馬が九頭走っている暖簾《のれん》を見つけて即購入し、いつも見えるところに掛けている。

その後も「うまくいく」という馬が九頭走っている絵を見つけては購入し飾ってある。

バックボーン

私は将来、講演活動をする場合、ボランティアではなく、お金をいただこうと思っている。しかし、はたと気が付いた。その時になった私には確たるバックボーンがない。会社経営をしていた頃の考え方、R法人会での活動、チャイルドアカデミーでの右脳教育などは現役でなくなった時には過去の産物でしかない。

その時の私にお金をいただく値打ちはあるだろうか。となれば、一から話し方を勉強するしかない。

全国を回るのだから中央（東京）での勉強会に参加しようと決めた。インターネットで検索してみた。ヒットしたのはX氏であった。

携帯でX氏の講演を何度か聞いているうちに、今私に必要なのは（求めているのは）この人かもしれないと思った。

娘たちもX氏の「Xメール」を受け取っていたり、何度も携帯で聴いたりしていた。コミュニケーションの大切さを教える超有名人である。

この人の塾に入ろうと思って検索し、すぐに料金を振り込んだ。

娘たちからは、Xさんの塾にすぐに行こうとするのはお母さんらしいと言われた。事務局の人には、「画面での講座もあるのだが、リアルにX氏の講座に参加する方が良いよね」と言われた。

十二月からその講座が始まる。なるほど四か月後であれば、コロナの収束の兆しも見えるだろう。

X氏の話し方講座は私のバックボーンになれるのだろうか。一抹の心配はないわけではないのだが、やるしかない。

娘から誕生日にはX氏の本をもらった。

わくわく感がたまらない。

それまでの間はできるだけ多くX氏の話しを聴いて勉強しようと思う。

エピローグ

A先生との出会いが無かったら、本を読むこともましてや書くこともなかった。

人生はストーリーだと思う。講演家のVさんは自分の人生のシナリオは自分でこと細かく書き上げてから生まれてくると言った。「こんな人生嫌だ！」自分で書いたなら自分で書き直せると思った。それは目標を掲げ、それに邁進することで後の人生は塗り替えられると思った。

小学生の六年間の里親の元での生活と中学の一人暮らしは寂しさよりも強く生きることを教えてくれた。何より中学一年生の担任教師には、計画性と諦めない心、苦手を克服する方法も教えていただいた。

十七歳の時の借金取りの経験で二年近くかけて全額返済してもらったことは、どんなことがあっても諦めなければ辛い出来事ではなくて成功事例として、生きる自信になると確信した。それを教えてくれた伯母さんには感謝してもしきれない。

また、二十八歳のときの三番目の長男の出産は、三年間の産み分けは努力を惜しまなければ、何事も可能にすることを得た瞬間である。それは四人目の子どもの誕生日を設定するきっかけにもなった。

四十歳の時に作った夫の会社の「十年の経営計画書」はバブルが弾けた後でも、書いた通りに第二工場を落成することができた。

今わくわくが止まらない。この人生の楽しさをたくさんのみなさんに伝えたい。いつになってもいくつになっても、そして女でありながら、男にすがらない、一人の人間として人生は諦めなければ思いのままになることを。

厳しい冬でも夏でも青々と繁る常緑樹のように信念を貫いて来たことは、今後も続けて行くことにより、人生百年を充実したものにしてくれるだろう。

（完）

著者紹介
舞夢私夢〔マイムマイム❤〕
1953（昭和28）年8月宮城県栗原市に生まれる。1976（昭和51）年岩手県北上市の鉄工所に嫁ぐ。現在、EQWELチャイルドアカデミー北上教室オーナー兼講師。夫の会社で経営者として20年勤務し、幼児教室を20年経営。2020（令和2）年12月より1年間YouTuber鴨頭嘉人さんが校長の「話し方の学校東京校」にてベーシックコース、アドバンスコースを受講。人生100年時代これから20年は講演家を目指す。現在、地元FMのパーソナリティとして活躍中。

冬夏青青《とうかせいせい》

2023年3月31日　第1刷発行

著　者　　舞夢私夢
発行人　　久保田貴幸

発行元　　株式会社 幻冬舎メディアコンサルティング
〒151-0051　東京都渋谷区千駄ヶ谷4-9-7
電話　03-5411-6440（編集）

発売元　　株式会社 幻冬舎
〒151-0051　東京都渋谷区千駄ヶ谷4-9-7
電話　03-5411-6222（営業）

印刷・製本　中央精版印刷株式会社
装　丁　　弓田和則

Printed in Japan
ISBN 978-4-344-94445-9 C0095
幻冬舎メディアコンサルティングＨＰ
https://www.gentosha-mc.com/